二見文庫

欲情のリモート会議

蒼井凜花

目次

欲情のリモート会議

第一章　クール美女の誘惑

1

「野島(のじま)クン、聞いてる？」

その声に、野島茂夫(しげお)は我に返った。

「す、すみません……千鶴(ちづる)先輩！」

自室のデスク前、ノートパソコンの画面に映る原(はら)千鶴に向かい、頭をさげる。

今は社内の「クールビューティー」と評判の千鶴とリモートワーク中だ。

二十四歳の茂夫より四歳上の千鶴は、ロングヘアに涼しげな瞳、高い鼻梁、ふっくらした唇を小顔に収めたスタイル抜群の美女である。

しかも、Ｖネックのサマーニットを盛りあげる胸元には、くっきりとした谷間――これに見とれぬ男はいない。

（Ｅカップは間違いなしだな）

まだ童貞である茂夫には目の保養……いや、目の毒だ。

つい視線が泳いでしまうのは、男の悲しい性である。

茂夫の下心を知るはずもなく、千鶴は話を続ける。

「……でね、私としてはバイブの胴部に、もう少し血管を浮き立たせたほうがいいと思うの」

千鶴は、淡いピンク色のバイブレーターを画面に近づけた。

長さ二十二センチ、ハンドル部分八センチのそれは、男性器を模したシリコン製で、カリのくびれや包皮のシワも本物のペニスそっくりだ。

「えっと……胴部の血管……ですか？」

茂夫は気もそぞろに訊いた。

「そう、このあたりかしら」

深紅のネイルに彩られた人差し指が、裏スジ部分をすうっとなぞると、

（うわ……）

デスク下、茂夫のペニスがビクンと跳ねあがる。

ジャージズボンを押しあげるイチモツに、心の中で「鎮まれ、鎮まれ」と呪文のごとく言い聞かせるが、二十四歳の童貞ペニスが言うことを聞くはずはない。

だからといって、ここで暴発しては、男のプライドが許さない。

茂夫は射精だけはするまいと、必死に奥歯を食いしばった。

——茂夫は健康機器メーカー「元気堂」の社員だ。

目黒にオフィスを構える元気堂は、創業五十年。シニア世代をメインに、マッサージ椅子やハンドマッサージャー、健康食品等で売り上げは安定していたが、今期から若者向けのアイテムも取り入れることとなった。

選ばれたのが、なんとアダルトグッズ。

そのアダルト部門に千鶴と茂夫が抜擢されたのだ。

入社二年目の茂夫は、当初、商品管理部にいた。

中肉中背で、ルックスは並みと言ったところだろう。ヘアスタイルは短髪で、大学時代は「もっと洒落っ気だせよ」と友人に呆れられるほど、飾り気のない青年だ。

口下手で内気なせいか、女性とは一度も付き合ったことはない。

しかし、ことビジネスにおいては、内気ながらも素直で従順な性格が吉と出た。人事課は、上昇志向が強く、かつ与えられた仕事を正確にこなし、頭も切れる千鶴とのバランスが良いと踏んだのだろう、新プロジェクトのコンビを組むよう告げてきたのだ。

高嶺の花とのコンビ――これには周囲から羨望の目を向けられた。同時に、茂夫自身も会社に貢献して自分自身をステージアップさせなくてはと、いつになく奮起している。

時刻は午後十時。

二人は独身寮のそれぞれの部屋で、リモート会議を続ける。

コロナ禍の現在、業務体制はリモートワーク中心で、出社するのは週に一、二度。寮とオフィスは徒歩十分と近く、三十部屋ある寮は満室だ。

同じ敷地内にある寮は、東側の男子寮と西側の女子寮に分かれ、長い廊下でつながっている。

男女の寮の中ほどにあるセンター棟には、男女共有スペースの食堂があるが、使用できるのは午後九時まで。そのため、二十一時以降の業務は各部屋で行われていた。

　またセキュリティ強化のため、女子社員の門限は二十一時で、男女の寮の行き来も禁止だが、それに見合う破格の家賃が、不便でも人気の一因となっている。十畳ワンルームの個室は、ベッドとデスク、作りつけのクローゼットにユニットバスが完備されたコンパクトな造りで、居心地もいい。

　と、ペニスがまたもビクッと打ち震えた。

　気づけば胸の谷間に見とれている自分に、茂夫はハッとなる。

　そんなことなどつゆ知らず、千鶴は、

「困ったわねえ、今夜中に間に合うかしら……いや、絶対に間に合わせるわ！」

　自分を奮い立たせるようにうなずいた。

　というのも、このプロジェクトを成功させた暁(あかつき)には、千鶴は主任に昇進すると上司から発破をかけられているらしい。

　躍起になるのも無理はない。

　プロジェクトで製作するアダルトグッズは、当初二種類だった。

　女性向けの洒落たデザインのバイブレーターと、リモコン式のピンクローターだ。

　しかし、今日の夕方になって、急きょ上司から「肉感的な男性器を模したバイブも提案してくれ」との指示が出た。

期限は本日中。

時間だけが、じりじりと過ぎていく。

（アダルトグッズなんてＡＶでしか見たことないのに……あ、あれ？）

茂夫は、バイブを撫でまわす千鶴の胸元に二つの突起を見つけた。

（も、もしかして乳首……千鶴先輩……ノーブラか？）

乳首と思えるそれはピンと尖りを見せ、しだいに目立ちはじめた。

自室なので、下着をつけていなくとも不思議ではないが、よりによってリモート会議中に――。

（ううっ、マズい）

茂夫のペニスがさらに熱く疼いてくる。

ムクムクと硬さを増すイチモツに唇を噛み、尻をもじつかせた。すると、シャキッとなさい」

「野島クン、聞いてるの？　今夜中にまとめなきゃならないんだから、シャキッとなさい」

画面の千鶴がキッとにらみを利かせる。

美人ゆえ、怒った顔もセクシーすぎる。

「は、はい、すみません！」

反射的に姿勢を正すが、同時にペニスも天を衝くように猛り立つ。

（待てよ……下半身は見えてない）

脳裏にハレンチな思いがよぎる。

（ここでシゴいてもバレないよな……）

茂夫は画面に映らぬよう軽く尻を浮かせてジャージズボンとトランクスをひざまでおろし、イスに腰かけた。

パンパンに膨らんだ勃起が、バネじかけのようにぶるんと跳ねあがる。

尿道口には透明な汁が漏れ、イカ臭い匂いが鼻をついた。

包皮を剝きおろして勃起を握ると、何も知らない千鶴は、

「ほら、このあたりよ。やっぱり血管を目立たせたいわよね」

乳首を勃たせたまま、もう一度、指先でバイブの裏スジをなぞりあげる。

（エロい……これじゃ蛇の生殺しだ）

茂夫は握ったイチモツの裏スジを、同じように指先でなぞった。

この指が千鶴のものだったら……と、いけない妄想にふけってしまう。

「は、はい……先輩がおっしゃるように、もう少し血管を目立たせたほうが、

ユーザーの購買意欲を掻きたてると思います」

そう力強く言ったものの、意識はバイブを弄る千鶴のほっそりした指に向けられていた。

デスク下で握った勃起を上下にしごき始める。

「わかったわ。血管のデザイン画は私に任せて。あとはカリの厚さなんだけれど、どうみても物足りなくない？」

「えっ、カ……カリ？」

驚きに目をしばたたかせる茂夫など気にする様子もなく、千鶴はバイブに口元を近づけ、亀頭部分をパクリと咥えた。

（う、うわ……）

一瞬、何が起こったか理解できずにいた。

しかし、千鶴はいたって冷静に亀頭をねぶり始める。

「ぅうん……やっぱり物足りないわ。カリの厚みって大事でしょう？　Gスポットをダイレクトに刺激するんだから、肉厚でエラが張っていたほうがいいわ」

言いながら、赤い舌をレロレロと蠢かせて、カリの周囲を舐めまわしている。

（うそだろ……）

茂夫のイチモツがもうひと回り膨らんだ。

(……マズい、ヌケと言わんばかりじゃないか)

しかし、ふと思う。

ヌイたところで、千鶴にわかるはずはない。

ゆっくりと上下していた茂夫の手が、しだいに速度をあげていく。

すっかり包皮が剝けきった怒張は、真っ赤な亀頭の尿道口から、先走りの汁が滲んでいる。

(ああ、最高だ……千鶴先輩のフェラ顔を見ながら……)

千鶴は相変わらず、咥えこんだバイブに舌を絡めている。

「やっぱりカリの迫力は必要よ。もう少し広げたいんだけれど、これも私の判断でサイズを決めてもいいかしら？」

そう身を乗りだしてきた。

乳房がぐんと近づき、胸の谷間と二つのポッチがいっそう目立つ。

「は……はい、お任せします」

茂夫は鼻息を荒らげた。

「じゃあ、次にバイブの回転を見てみましょう。スイッチを入れるわね」

千鶴が持ち手のスイッチを入れると、ヴィヴィーンというモーター音とともに、振動した胴部が回転し始めた。

モーター音は、ＰＣごしにもかなり響いている。

「……先輩、その音、けっこう大きいですね。隣の部屋に聞こえませんか？」

茂夫の指摘に、千鶴は余裕の笑みを向ける。

「大丈夫、私は角部屋だし、隣の後輩は出張中。ただ音量は問題ね。これも先方に伝えるわ。それよりも、別な改善点を発見したの」

「別な改善点？」

スクリュー部分を見つめた千鶴は、

「よく見ると右回転のみなのよ。どうせなら左回転も欲しいわよね？」

そう告げてくる。

「た、確かに……」

茂夫は言われるままうなずいた。

「決まりね。左右両方でオーダーしましょう。あと振動のレベルは、三段式から五段式に変えたいのよ」

真剣な目つきで、再び振動するバイブをぐっと頰張った。

（おおっ……なんて大胆な！）

先ほどよりも深々と咥えたせいで、口元が激しく震えている。かすかに刻まれた眉間のしわが苦しさをにじませ、ＡＶのイラマチオを想起させた。

茂夫は見えないことを幸いに、ペニスをしごき続ける。

千鶴の唇がいやらしくめくれ、口元を震わせるさまは卑猥としか言いようがない。スイッチを切り替えるたび、美貌がいっそうエロティックに変貌していく。

「ン……あふん……」

バイブを頬張ったまま、千鶴は甘く鼻を鳴らした。

いくら仕事とはいえ、ここまでする気持ちが理解できない。

（いや、昇進がかかってるんだから、先輩も必死なんだ）

と、その時、茂夫の下腹に熱い塊がせりあがってきた。

急激に尿管を這いあがるその衝動は、もう止めることができない。

（くっ……ダメだ、出る……ああっ！）

ぎゅっと握った勃起を、ひときわ強くしごいた直後、

ドピュッ、ドピュ……ッ！

勢いよく発射したザーメンは、こともあろうに画面に映しだされた千鶴の顔に、

ブシュッと飛び散った。

（うわっ！）

白濁の液は、顔面から胸の谷間に垂れていく。

（マ、マズい）

茂夫は慌てて手近にあったティッシュを取り、ザーメンをぬぐう。

カメラ部分に命中しなかったのは幸いだが、残滓は簡単には取り除けず、ちょうど千鶴の口元に白い液がこびりついている。

さながら、口内射精をしたあとのＡＶ女優のようだ。

（ああ、エロすぎる）

思わず見入ってしまうが、むろん、千鶴はいっこうに気づく様子はない。

今もザーメンを噴射した画面ごしにバイブを咥えてフェラ顔を晒し、スイッチを切り替えながら、あれこれ試している。

しかし、その卑猥な美貌を見ているうちに、再び股間がむず痒くなってきた。

飛び散った精液を拭いたティッシュをゴミ箱に捨てた時には、発射して数分後にもかかわらず、ペニスは激しくそそり立っていた。

2

「うーん、やっぱりイマイチね」

千鶴が再び、バイブを見つめて顔をしかめる。

「え……な、何がです？」

「話を戻して悪いけれど、カリの厚みよ。実は私、アソコでも試してみたの」

「ア……アソコでも？」

茂夫は生唾をのんだ。

「当然よ。ユーザーの立場になって、きめ細かに改善案を伝えなきゃ」

千鶴はあごをやや持ちあげ、高い鼻先ごしに茂夫を見つめてくる。

「そ、それは……ごもっともですね」

茂夫はうなずきながら、再び勃起を握りしめた。

バレていないという確信が、茂夫を大胆にさせていた。

「ここだけの話、過去に付き合った男のモノのほうが断然よかった。私、肉厚カリ高が好みなの」

「に、肉厚……カリ高……？」

あまりにも大胆であからさまな言葉に、思わずオウム返しで訊いた。

「ふふっ、カリの引っかかりがたまらなくて」

千鶴はうっとりと目を細める。

「お……お言葉ですが、他の女性たちにも、もっとリサーチすべきじゃ……」

「ええ、だから女子社員や元カノにも試してもらったわ。元カノの知人たちにもね」

「元……カノ？　彼じゃなく？」

「レズビアンなんて今どき普通でしょう？　ショートカットの長身美人よ。で、ズバリ『物足りない』って言われたわ」

「ぐ、具体的には……？」

「やっぱりカリ高のほうが気持ちいいって。それから、クリトリスを刺激する機能も欲しいらしいの」

あっけらかんと言う千鶴に、茂夫は返す言葉を失う。

二十四年の人生で、ここまであけすけにセックスを語る女性はいなかったからだ。

それも社内でクールビューティーと評判の千鶴がである。

自分の経験値のなさを反省すると同時に、高嶺の花の千鶴がバイブをヴァギナに挿入したり、レズビアンに身悶える妄想が膨らんで、股間がいっそう熱く痺れてきた。

気づけば、ペニスはもう一段硬くなり、フル勃起状態だ。

「ああ……舐めているうちに、変な気持ちになっちゃった」

千鶴は、いつしか耳まで紅潮させ、うっとりと呟いた。

「……ところで、野島クンは誰かにリサーチした？」

ペニスを吐きだし、唐突に訊いてきた。

「え、リサーチですか？」

「ええ、恋人でもセフレでもいいけど、リサーチは大事よ。どうなの？」

「い、今は……彼女はいなくて」

というか、童貞だ。

実は、懇親会で隣り合った総務課の後輩に思いを寄せている。

羽賀杏奈（はがあんな）という二十三歳の新人だ。

茂夫は千鶴にバレぬよう、スマホを手に取り、懇親会で撮った写真をクリックした。

三十人ほどの懇親会だった。

セミロングヘアの似合う清楚系の彼女は、丸顔にくっきりとした二重の瞳が愛らしい、笑顔がキュートな女性だ。

(杏奈ちゃん……)

偶然となりあわせ、意外にもプロレスの話で意気投合した。

二人とも還暦を過ぎた祖父が大のプロレスファンで、幼いころからＤＶＤを観ており、その日は、一九八〇年に蔵前国技館で開催された「アントニオ猪木対スタン・ハンセン」の試合で盛りあがった。

後日、清水の舞台から飛びおりる気持ちでランチに誘ったのだが、「すみません、その日は予定があるので」とあっけなく断られてしまった。「別な日はいかがですか？」などの代替案もない。

誘い方が悪かったのか、そもそも男として見られていないのかは定かでないが、彼女への思いは日に日に募るばかりだ。

(杏奈ちゃん可愛いからな……やっぱり彼氏はいるよな)

白い歯をこぼす杏奈の笑みを見ていた時、

「あら、お互いフリーなのね」

千鶴は声を高めた。茂夫がまごついていると、

「じゃあ、話は早いわ。私がアソコにバイブを入れているところ、見たくない？」

「は？」

本気なのか、おちょくられているのか——茂夫はわかりやすく言葉を詰まらせる。

まさかバイブを舐めているうちに、発情したのだろうか？

「どうせなら、一緒にオナニーしてみる？　同じプロジェクトにかかわる仲間としてのモチベーションを高めるためにも、リモートごしの相互オナニー鑑賞なんて刺激的でしょう？　ただし、他の人にはナイショね」

「い、いえ……さすがにマズいかと……仕事中ですし」

戸惑いつつも、千鶴の胸元を見ると、さらに乳首がツンと尖っている。

（待て……これってラッキーだよな？　でもまさか、ハニートラップだったりして）

相反する思いが交錯し、一瞬ひるんだものの、画面に映る千鶴は頰を上気させ

ている。

「いいじゃない。それに私、『クールビューティー』って呼ばれてるのは知ってるわ。だから、あえてクールにふるまっているけど、正直疲れるの。もっと自分を解放したいのに、周囲がそれを許してくれない気がして……」

そう唇を尖らせる。

「やだ……野島クンの前では、ついホンネが……」

ばつが悪そうに、千鶴は言葉を切る。

「あ、ありがとうございます。でもそれは、僕が頼りないから……」

茂夫はやはり童貞オーラ満々なのだと複雑な気持ちになる。

「違う！　私を見る目が今どきの草食男子なの。逆に女のプライドが傷つくのよ」

「えっ……そ、草食男子だなんて……そんな」

草食男子とは言語道断だ。今すぐにでも童貞を卒業したいのに、それが叶わないから、こうしてこっそりシゴいているんじゃないか。

それに千鶴は高嶺の花すぎて、端から相手にしてもらえないと心得ている。しかし、逆にそれが機嫌を損ねたというわけか――？

「本当ムカつくわ。私を前に、目をギラつかせない男なんて」

千鶴は素早く立ちあがった。

「いえ、決してギラつかせてないわけでは……」

必死に否定する茂夫を前に、千鶴はくるりと振り返り、肉感的なヒップをカメラに突きだしてきた。

「うわっ……先輩ッ」

ＰＣ画面に、ぴちぴちのタイトミニに包まれた形のいい尻が現れた。

千鶴は両手で尻たぼを撫でまわし、ムニムニと揉みこんでいく。

「どう？　私のお尻」

「え……その……あの」

言葉が継げぬ茂夫を挑発するように、揉みしだいた手はミニスカの裾を摑み、ゆっくり捲りあげていく。

「どうなのって訊いてるの。答えなさい」

「えっと……すごくセクシーです」

事実だった。細身のわりに丸々としたヒップは、もはや「童貞殺し」と言っても過言ではない。

「なによ、その言い方。全然心がこもってないわ」

千鶴はキッと目じりをあげた。

「い、いえ……あえて冷静に言ってるんです……」

正直に告げる。ここでスケベ心丸出しでは、童貞と言えども男が廃る。

その言葉に合点がいったのか、千鶴はふっと笑みを浮かべた。

「わかったわ。じゃあ、その冷静さを捨てさせてあげる」

言いながら、千鶴はスカートを捲り続ける。

「っ……せ、先輩……？」

是が非でも茂夫を欲情させたいのだろうか。呆気にとられる茂夫の前で、さらにスカートの裾が引きあげられる。

「特別にストリップよ」

「ス、ストリップ……」

茂夫が目を泳がせると、

「目を逸らしちゃダメ。これは先輩命令よ」

ベージュのストッキングに包まれた、引き締まった太ももが現れた。

次いで、ブラックレースのＴバックが食いこむ尻が顔を出す。

ある。

（うわ……Tバックだ）

茂夫は興奮に小鼻を膨らませた。

肉感的な尻に食いこむブラックレースのTバック——さながらエロスの化身である。

（すごい……ナマのTバックなんて初めてだ……！）

自分でもよくわからず、ペニスを握ったまま立ちあがった時、ヒップを見せつける千鶴が、顔だけこちらを向いた。

「あらやだ。なんて格好してるのよ」

「あ……こ、これは」

茂夫はとっさに両手で股間を隠す。アソコが丸出しなのをすっかり忘れていた。

しかし、千鶴は熱い視線を注いでくる。

「ふーん、私を見ながらシゴいてたのね」

「す、すみません……」

茂夫は恐縮しきりで背中を丸める。

「野島クン、手が邪魔よ。どけなさい」

「えっ？」

がる。

「はい……はい……」

茂夫が「なるようになれ」と両手をどけると、勃起がへそを打つ勢いで跳ねあ

「手をどけてと言ってるの！」

「まあ、もうギンギン」

千鶴は呆れたように目をしばたたかせた。

「も、申し訳ありません……」

ペコペコと頭をさげる一方で、勃起だけが仁王立ちでそそり立っている光景は、さぞかし滑稽だろう。

しかし、千鶴は意外な言葉を口にした。

「カリは意外と肉厚なのね。それに、女でも嫉妬するほど初々しいピンク色」

「え……？」

「そのピンク色、何か特別なケアでもしているのかしら」

「い、いえ……特には」

まさか童貞だとは言えず、茂夫はまたも恐縮しきったように頭をさげる。

下半身モロだしで、我ながら情けない。

しかし、千鶴は唇を緩め、微笑を向けてくる。

「計画変更よ。そのままシゴいてちょうだい。私も一緒に……」

「お、お言葉ですが……締め切りは今夜中にと……」

PCの隅には、午後十一時と表示されている。

「勘違いしないで。ここからは最高のバイブを作るための実践リサーチに変更したの。あとは私が責任を持って仕上げるから」

詭弁か本心か――ミニスカを腰の位置までたくしあげた千鶴は、Tバックとストッキングの脇を両手でつかみ、ゆっくりと引きおろす。

(おおっ)

千鶴は茂夫と視線を絡めながら、左右にヒップを揺すって、ストリッパーのごとく脱いでいく。

「……恥ずかしいけれど、これも仕事なの……ただ、さっきも言ったように他人にはナイショよ」

Tバックとストッキングを足先から抜き去ると、白桃のような見事な尻が現れる。

そして一瞬、ヒップをPCに接近させたらしい。むき出しになった尻とワレメが、画面に大写しとなった。

（うわ、こ、これが千鶴先輩のアソコ……）

照明を受けたヴァギナは、二枚の肉ビラが膨らみ、アーモンドピンクに濡れ光っている。

ワレメの上には、美しい千鶴にも存在するのが不思議なセピア色のアヌスも息づいていた。

3

「すごく……エロいです」

茂夫はズボンと下着を脱ぎ、再度、勃起を握った。

画面ごしとはいえ、プライベートでナマの女性器を見るのは初めてだ。

ＡＶなど比べ物にならないほどの興奮に、全身の血が沸騰しそうになる。

「ああ、見られるって……恥ずかしいけど、快感なのね……。あ、これはあくまでもユーザーの女性の気持ちを想像したまでよ」

千鶴はヒップをくなくなと揺すり続ける。

ヒクつくワレメから滲んだ愛液が、ツツーッと内ももを伝っていった。

(夢じゃ……ないよな)

ごくんと生唾を呑む。

そんな童貞男をさらに挑発するべく、千鶴は右手にバイブを持った。

「そうよ、ユーザーの女性は、こうやって男の前でオナニーすることもあるはず……」

スイッチを入れると、
ヴィヴィーン、ヴィヴィーン——!!

男性器を模した玩具の機械音が響きわたる。

「オナニーの見せあいなんて初めて……ああ……」

千鶴は元の位置まで戻り、振り返ったまま、舌なめずりをしている。

もはや蛇ににらまれたカエル同然に、茂夫は動くことができない。

「じゃあ、始めましょう。これは実践リサーチよ。仕事だから勘違いしないで」

千鶴は念を押し、言葉を発せずにいる茂夫の眼前で尻を突きあげる。

「は、はい……」

茂夫はうなずいた。

次いで、千鶴は前からくぐらせた左手の人差し指と中指をV字にし、ワレメを広げる。

（おおっ……）

真っ赤に濡れた膣粘膜があらわになる。

（ああ……千鶴先輩のオマ×コの奥……）

柔らかな襞は、まるで生き物のように、呼吸のたびにうねっている。

「すごく濡れてるわ……これならローションを使う必要はないわね。ただ、濡れにくい女性のために、説明書には使用も明記しましょう」

千鶴は手にしたバイブの先端をひと舐めし、膣口に近づけた。

肉ビラに押し当て、亀頭部分をゆっくり前後にすべらせていく。

「あ……ン」

尻をビクつかせた。

ワレメに沿って愛液を塗りのばすと、濡れた秘唇はバイブの揺れに合わせ、小刻みに震えている。

「ンン……ッ、いいわ……」

ひときわ艶めいた声が聞こえてくる。

それに誘発されたように、茂夫もPCを見つめながら、手しごきを続ける。

「せ、先輩……すごく濡れてますよ……なんていやらしい」

亀頭が真っ赤に膨れ、甘美な痺れが這いあがってくる。

これほどまで勃起が硬くなったのは、初めてかもしれない。

先走りの汁が噴きだし、手を濡らしていく。

「ン……野島クンもギンギンね。バイブが挿入されてどうなるか、ちゃんと見て記憶してね。目を逸らしちゃダメよ」

「は、はい……わかりました！」

茂夫は怒張を握りながら、さらに目を凝らした。

千鶴は肉ビラの中心にあてがったバイブを、徐々に押しこんでいく。

（おおっ……ビラビラが巻きこまれていく）

もはや、仕事と私事の境界線があいまいになっている気もするが、構っていられない。

ズブ……ズブズブ……ッ……ヌププッ。

「アンンッ！」

ヴァギナの奥にバイブが突き入れられた。

「はぁ……ッ」

千鶴は身をのたうたせながら、媚肉にずっぽりハマった玩具を出し入れし始める。

抜き差しのたび花弁がめくれ、愛液にコーティングされたシリコン部分が卑猥にぬらついていく。

「こ……このまま、振動レベルのスイッチを切り替えるわよ」

「わ、わかりました！ しっかり目に焼きつけます！」

千鶴はいっそう潤んだ瞳で茂夫を振り返り、ハンドル部分のスイッチを操作した。

茂夫も「これは仕事だ」と言い聞かせ、意識を集中させる。

（おっ、音が変わった）

耳をすませば、体内で響くモーター音が、しだいに大音量になっていくのがわかる。

「はあっ、振動はマックスまでアップしたわ。スクリューは右回転。アソコに絡みつくぅ……ああんっ」

快楽に身悶えながらも、しっかりと実況中継をしてくれる。

茂夫は息をつめて見入りながら、手シゴキの速度もさらにアップさせた。全身から汗が吹きだし、先走り汁も絶え間なくあふれていく。生臭い匂いが鼻をついた。

(リサーチとはいえ、千鶴先輩がこんなにエッチだったとは……)

改めて画面の千鶴を見る。

普段はクールビューティーの異名を持つキャリアレディの千鶴が、仕事とはいえ、女陰にバイブを突き入れて身悶えているのだ。

紅潮した美貌はもちろん、ぷっくり熟れたヴァギナやアヌスまでをもさらしている。

(女性ってこんなに変われるものか……)

驚く一方で、この上ない僥倖に巡り合ったと実感する。

それに、痴態を見せても千鶴はどこまでも美しかった。

苦し気に細める瞳も、半開きにした唇も——快楽に歪む表情そのものが神々しく、美しい。

その美貌を見つめながら、茂夫はなおも勃起をしごきあげた。

すると、

「ああんっ、やっぱり物足りないわ。振動は五段階じゃなくて七段階……いや、できれば十段階にして、リズムも好みで細かくセレクトできるようにしましょう」

「わ、わかりました。先輩にお任せしますっ」

その言葉に誘発されたのか、茂夫も手しごきのリズムを変えていた。

シュシュッと包皮を亀頭冠にぶつけるように激しくしごいたと思えば、次はゆっくりと焦らすように上下した。

亀頭は相変わらずパンパンに膨れあがり、今にも爆ぜてしまいそうだ。

（ああ……もう限界だ）

茂夫が必死に射精をこらえると、

「はあっ……もうダメ……イク……イキそうなのっ」

ジュボジュボとバイブを出し入れしながら、千鶴はひときわ甲高い声をあげ、尻を震わせた。

「イッて下さい……僕も……もうそろそろ出そうですっ」

「じゃあ野島クンも一緒に……ああっ、イク……イクぅーーッ！」

バイブを最奥まで叩きこんだ千鶴の体が、弓なりに大きく反りかえった。

「はあっ、あああぁあああーー」

絶頂を迎えたのだ。

バイブが抜かれると、真っ赤にうねるヴァギナは活きアワビのごとくヒクつき、淫らな穴をぽっかりと覗かせる。

デスクチェアの座面に突っ伏す千鶴のヴァギナを見ながら、茂夫もひときわ強く勃起をしごきたてる。

（くううっ、千鶴先輩のオマ×コが……っ）

急激に射精感がこみあげ、火を噴くように尿管が熱くなった。

「うっ、僕も出ます。出るっ……おおぅおおっ！」

ドクン、ドクン、ドクン——!!

勢いよく噴射したザーメンは、またしてもＰＣ画面に飛び散った。

アクメに達した千鶴の女陰に、濃厚な白濁液が命中する。

荒い呼吸をしながら、茂夫はこの上ない興奮と達成感に包まれていた。

気づくと部屋中にザーメンの匂いが漂っている。

ひと呼吸おいて、ティッシュで白濁液をぬぐい、床に落ちた下着を穿こうすると、

「待って」

突っ伏していた千鶴は、すでに起きあがっていた。

「野島クン、これで終わりじゃないわよ」

「えっ」

「第二ラウンドにいきましょう」

4

「だ、第二ラウンド?」

「当然でしょう?」

千鶴は頬を紅潮させたまま、目を細めた。

茂夫はすでに二回も射精をしている。

さすがにもう無理だ。

(……というか、今夜中にバイブのデザインを送らなきゃいけないのに、大丈夫なのか?)

時刻を見れば、午後十一時半を過ぎている。

その時、ウィーン、ウィーンというモーター音が聞こえてきた。

「ああっ……はああっ」

見ると、千鶴はいつの間にか衣服を脱ぎ、全裸になっていた。

その上、イスに座って脚をデスクに伸ばし、女陰に何かをあてがっている。

「わわわっ」

叫びながらも、茂夫の目はヌードに釘付けとなる。

先ほど見ることのできなかった乳房は、見たてのとおりEかFカップと豊かで、膨らみの中心には桃色の乳首が硬い尖りを見せている。

右手に持った黒く小さな塊がピンクローターだとわかるまで数秒を要した。

啞然とする茂夫を尻目に、千鶴は手にしたピンクローターを薄い陰毛から顔を出すクリトリスに押しあてる。

背をのけ反らせながら脚を震わせ、まっすぐ茂夫を見つめてきた。

「ハアッ……野島クンにひとつ教えてあげる。一度でもレズビアンを知ると、一晩に最低三回はイカされてしまうのよ」

「さ、三回も……」

「そう、女同士の欲望は底なしなの。だから一回じゃ物足りない……ああんっ」

「そ、そうなんですか……」

フルチン状態の茂夫がつぶやく。

「さ……さっきは後ろ向きオナニーだったから……ハア、今度は座ったままクリトリスでイクわ。これは商品化が決まっているサンプル品」

「サンプル品？」

「あ、アナタには渡してなかったわね、ごめんなさい。でも、元カノも『振動のパワーがすごい』と喜んでたからパーフェクトよ」

千鶴はそう言うなり、押し当てていたローターに力をこめ、ぐいっとクリトリスをつぶした。

「くううっ……！　クリ派の女性にはたまらないわよ。防水加工だし、リモコンの届く有効範囲は十メートルなの」

ロングヘアを振り乱しながら、腰を震わせる。

反らした首には筋が浮き立ち、全身はまだらピンクに染まっていた。

（なんか俺の知らないところで、どんどん進んでるぞ。それにしても、千鶴先輩の淫乱さはレズビアン仕込みでもあるのか。女同士のセックスってすごいんだな）

先ほどの背面オナニーも凄まじかったが、今回は真正面だ。ピンと勃った乳首はもちろん、熟れたザクロのような女陰もエロティックで圧巻の光景である。

茂夫が言葉を失っていると、

「なにぼーっとしてるの！」

画面から檄が飛んできた。

「野島クンも第二ラウンドよ。早く！」

「わ、わかりました」

反射的に股間に手を伸ばし、肉棒を握った。

千鶴を前にしごいていると、二度の射精後にもかかわらず、男根はムクムクとみなぎってくる。

自分でもよくわからないが、早く終わらせて休息をとりたい一心だった。

(そういや、筆おろしもまだなんだよな。いいのか、俺？)

予想外の流れに、自分にツッコんでいる間にも、ペニスは激しく肥え太っていく。

「あ……ン、野島クンのオチ×チン、真っ赤でいやらしい」

千鶴もさらにヒートアップしたらしい、いっそう強くローターをクリトリスに押しつけている。

ヴィヴィーン、ヴィヴィーンと響くモーター音から、激しい圧力が伝わってきた。

「せ、先輩も……いやらしいです。オッパイも……アソコも……」

「ああんっ……くれぐれも、口外厳禁よ」

千鶴は目の下をねっとりと朱に染めながら、もう一方の手で乳房を揉みしめた。深紅のネイルに彩られた指が乳肌を捏ねまわすたび、柔らかな乳が形を変え、指を沈ませ、卑猥に歪んでいく。

「ねえ、なんかエッチな言葉を言って」

「えっ？」

「いいでしょう？　私、クセになってて……ねえ、お願いよ」

千鶴はとろんとした瞳を向けてくる。

（エッチな言葉って……もしかして、辱めとか、言葉責めって意味か？）

茂夫は勃起をしごきながら、聞きかじった言葉を心の中でつぶやいた。

「お願いよ。実は元カノ……言葉責めがすごく上手だったの……それに目覚めてしまって」

やはり言葉責めなのだ。

茂夫は、クールで高飛車な千鶴の思わぬ「Mっぽい部分」に大いに興奮を覚える。

プレッシャーに駆られつつも、過去に見たAVを必死に思いだす。

元々、SM系や凌辱モノは好みではなかったが、それでも女性を辱めるセリフはあったはずだ。

頭をフル回転させていると、凌辱じみた言葉がいくつか浮かんできた。

「かっ……かっ、会社じゃクールを気取ってるくせに……エ、エ……エロい女だな。『オマ×コ、気持ちいい』って言ってみろ！」

のっけから噛んだが、威圧的に叫んだ。

すると、千鶴は紅潮した頬をさらに真っ赤に染めて、ローターをクリトリスに押しつけながら、唇を震わせた。

「ああ、恥ずかしい……。オマ……コ、気持ちいいです……ッ」

すっかりM女になりきっている。

「き、聞こえない！　もう一度！」

茂夫も再度、サディスティックに叫ぶ。

幸い、茂夫の部屋も角部屋で、隣室は掃除用具置き場となっている。心置きなく大声を出せるというわけだ。

容赦のない命令に、千鶴は表情に恍惚を滲ませる。

「いじわる……オマ×コ……気持ちいいわ……」

「じゃあ、次はオマ×コって、連発しろ!」

すかさず言うと、

「ンン……あ、ああ……オマ×コいいわ、千鶴のはしたないオマ×コ……オマ×コ……オマ×コ気持ちいいのぉ!」

昂ぶりもあらわに、卑猥な四文字を連発する。揉みしだいていた乳房を捏ねては、乳首を摘まみあげる。

(な、なんてエロいんだ)

あまりの迫力に思わずひるみそうになるが、ここはさらに強く責めるのがいいだろう。

気を取り直し、茂夫はキッとまなじりをあげた。

「恥ずかしいドスケベ女だ。その姿をスマホで撮って、会社にばらまいてやろうか?」

「いやっ……それだけはやめて！」

叫びながらいやいやと首を振る。腰を小刻みに震わせ、なおもオナニーを続けている。

思いっきりM女を楽しんでいるかに見えた。

ならば、それに応じるべきだ。

「ダメだ、スケベな本性を撮ってやる」

茂夫はデスクからスマホを取ると、PCに向けてカメラのシャッターボタンを数回クリックした。

「よーし、撮ったぞ。原千鶴の全裸オナニー写真ゲットだ」

そうほくそ笑む。

元来、Sっ気などないのだが、一度やってみると、背筋がぞくぞくするほどの興奮に包まれる。

「よーし、次は『チ×ポ欲しい』って言ってみろ！」

茂夫の命令に、千鶴は涙目になりながら眉根を寄せ、切なげな表情をつくる。

「お、おチ×ポ……欲しい。おチ×ポ下さい……」

「もう一度」

「ああん……おチ×ポ欲しい、おチ×ポ欲しいんです。おチ×ポ下さいッ……千鶴のドスケベオマ×コにずっぽり入れてぇ！」

命令以上の言葉を返してきたではないか。

これには茂夫も面食らった。

「よ、よし……千鶴のドスケベオマ×コに入れてやる。思いきり味わえ！」

茂夫は握った勃起をいっそう強く握りしめた。

どうリードすべきかはわからないが、「毒を喰らわば皿まで」という大仰なことわざが脳裏をかすめる。

「ストップ！」

千鶴は一転、冷静な声で待ったをかけた。一瞬、呆気にとられる。

「は？」

「どうせなら、バイブにするわ。リモートセックスよ」

クリトリスに押し当てていたピンクローターをデスクに置き、先ほどのバイブを取り出した。

「えっ、リモートセックス？」

その声を無視して、千鶴は左手で肉ビラを広げ、右手に持ったバイブをズブズブッと挿入する。

「ああっ……いい」

身を反らし、スイッチを入れると、

ヴィヴィーン――ッ！

振動音がこだました。

「ああん、振動も回転レベルもマックスよ。さっきのようにエッチな言葉で責めて」

蜜を光らせながら、玩具を出し入れさせている。

「わ、わかりました」

茂夫も負けじとペニスを握り、腹に力をこめる。

またもAVのセリフを思い出し、画面の千鶴をにらみつけた。

「どこまでもドスケベな女だ。クールビューティーの名が聞いて呆れるな。俺のチ×ポがそんなに美味いか？」

「あんっ……美味しいです。もっと下さい……ッ」

「最高にドエロの変態女だな。エロい匂いもプンプンだぞ。もっと美味そうに喰らってみろ、この色情狂！」

一気に言い放つと、千鶴は泣きそうに抜き差しの速度をあげた。

「ああっ、美味しいですッ……もっと欲しいの。いっぱい味わわせて！」

「ほーら、もっと味わえ。ついでにクリトリスも摘まむんだ！」

「ああ……いじわるッ」

唇を嚙みしめながらも、マゾの血が騒ぐのか、バイブの抜き差しの手を止めない。命令通り、もう一方の手でクリトリスをひねりあげる。

「ハア……アァアアッ」

ひときわ大きな嬌声が放たれた。

バイブを叩きこんでは引きぬき、再びバイブをハメこんでいく。

茂夫も興奮を抑えきれない。ペニスをしごきつつ、命令をくだす。

「クリを摘まんだまま、バイブをもっと激しく出し入れさせろ」

「ンンッ……わかりました。千鶴のクリトリスをいっぱい弄りながら、おチ×ポも……はううっ」

千鶴は、前にも増して抜き差しのスピードをアップした。

純手から逆手に持ちかえ、微妙に角度を変えては、愛液まみれの女陰を穿ちまくる。

丸剝けになったクリトリスを中指で螺旋状に刺激し、時おり、ピンと爪先ではじいては、中指と親指でつまみ、ひねりあげた。

「はぁあああっ……オマ×コいいの……いっぱい入ってる……はあううっ！」

首筋には前にも増して筋が浮き立ち、まだらに染まる肌もいっそう赤みを帯びてきた。

（ああ、千鶴先輩……なんていやらしい）

リモートセックスに耽溺する千鶴の快楽が伝播したかのように、茂夫も一心不乱にペニスをしごきあげた。

包皮を亀頭冠にぶつける勢いで上下する。

噴きだすカウパー液が潤滑油となり、ニチャニチャと卑猥な音がこだました。

「おううう っ……ああううっ！」

身悶える千鶴を前に、茂夫も大声で呻いた。

「ああっ……熱い……オマ×コが熱いッ！」

千鶴が叫んだ。

絶頂が近づいているのがわかった。

「よし、そろそろいいだろう。ドスケベ女にふさわしい恰好でイッちまえ！」

威圧的に叫ぶと、

「あぁああっ！」

千鶴は全身汗みずくのまま、さらに激しくバイブの出し入れをくりかえす。

真っ赤に膨らんだ肉ビラが卑猥にめくれ、巻きこまれていく。

「はあぁああっ……おチ×ポ気持ちいいっ……いいのおッ！」

淫らな言葉を発しては、バイブを突き入れ、体を大きく波打たせた。

「もう……ダメ、イキます！　恥ずかしい恰好のままイッちゃいます！」

クリトリスが、ぎゅっとひねり潰された。

「よし、俺と一緒にイクんだ。思いっきりドスケベな姿でイッてみろ！」

「ああっ、イキます、イクぅーーーッ！」

千鶴が弓なりにのけ反った直後、茂夫も渾身の力で剝きしごく。

「うっ……おぉおおっ」

ドクン、ドクン──。

千鶴の絶頂を見届けたのち、茂夫は三度目のザーメンをしぶかせた。

第二章　癒し寮母の筆おろし

1

翌朝——

茂夫はカーテンの隙間から漏れる日差しに、重いまぶたを開けた。

ベッド脇の時計を見るとまだ七時だ。

（そうか、あの後ベッドに倒れこんで……）

起きあがって室内を見わたすと、デスクのＰＣは開きっぱなしで、丸めたティッシュがあちこちに散らばっている。

知らぬ間にトランクスは穿いたようだが、上半身は裸だ。

汗と生臭い匂いが鼻をつく。

千鶴との相互鑑賞オナニーで三回発射したのち、あまりの興奮に寝付けず、さらに一回自慰に耽った。

（まさか千鶴先輩があんな人だったとは……）

ＰＣに近づき、どうせなら録画モードにしておくんだったと邪な思いがよぎる。

（そういや、スマホで千鶴先輩の恥ずかしい写真を撮ったんだっけ）

鼻の下を伸ばし、デスクにあるスマホを手にした直後、着信音が鳴った。

「うわっ」

あやうくスマホを落としそうになった。

液晶画面には「原千鶴」と表示されている。

「えっ、な……なんだ？」

慌てながらも、通話ボタンを押すと、

「おはよう。あれから考えたんだけれど、もう一ついいアイディアがあるの」

昨夜のことなどなかったかのように、千鶴は冷静な声で話し始める。

「え……えっと……いいアイディア……？」

「そうなの、本体の部分に……」

茂夫の心中など無視して話す千鶴に困惑していたその時、
コンコン──

ノックの音が響いた。

茂夫はこれ幸いと「すみません、誰か来たようなので、のちほどかけ直します」と告げ、通話ボタンを切る。

スマホをベッド脇に置くと、再度ドアがノックされた。

「は……はい、今出ます」

急いでTシャツとジャージズボンを着て、ドアを開けると、寮母の橘明代（たちばなあきよ）がふっくらした笑みを浮かべて立っていた。隣町に夫と住む彼女は、寮での食事や掃除などを担当する女性スタッフ十名のリーダーである。

「あ、明代さん……おはようございます」

「野島クン、おはよう。男子寮のシャワーの出が悪いみたいなの。確認してもらえるかしら」

「あ、は……い」

エプロンごし、胸元を盛りあげる豊かな乳房に、目が釘付けとなる。

癒し系と言える彼女は三十四歳。ミディアムヘアに垂れ目がちの大きな瞳が愛らしい人妻だが、そのピュアで可憐な顔立ちとグラマラスなスタイルの落差に、思わずギャップ萌えしてしまう。

（このオッパイ……どうみても、ＦかＧカップはあるよな）

夕べ、千鶴とハレンチなことをしただけに、女性を見る目が圧倒的にエロティックなモードだ。

すでに頭の中では、明代の熟れたヌードやセックス中の悩ましい表情を妄想していた。

自然と頬が緩んでしまう。

「あら、黙っちゃってどうしたの？　寝不足？」

「い、いえっ」

「まだ七時だものね。寝ててもいいわよ。私が点検するわ」

言いながら、部屋に入ってくるではないか。

「あっ……ま、待って」

そう言った時には遅かった。

明代は部屋中に散らばった丸めたティッシュを見て、目をみはっていた。

「あらあら、ひどいお部屋」

くすりと笑いつつ、ティッシュを拾い、ごみ箱に捨てていく。屈んだ拍子にボディにフィットしたスキニーパンツの丸々としたヒップがムッチリと張りだした。

（おお、尻も色っぽいなあ）

その時、明代がクンクンと鼻を鳴らし、手を止めた。

「あら……これって、もしかして……」

その匂いの元がなにかわかったようだ。

茂夫を向き直ると、「若いっていいわね。ふふっ」と笑みを深める。

「い、いえ……その」

茂夫がもじもじしていると、ごみを拾い終えた明代は、茂夫に一歩近づいた。

「前から気になっていたんだけど、野島クンて彼女はいるの？」

「い、いいえ……」

「まあ、好青年なのに、もったいないわ」

しかも、まだ童貞である。

そう苦笑した。

「実は……片思いの後輩にデートを断られて……それに僕、まだ……ど、童貞なんです」

思い切って打ち明けた。十歳上の明代になら、なぜか素直になれたのだ。

「えっ、本当？」

「……はい」

明代は、デートを断られたことよりも、茂夫が童貞であることに驚いたようだ。しばし沈黙が続いた。が、明代は優しく目を細める。

「あの……よかったら、私がお相手しましょうか？」

「えっ」

「男はね、一度セックスすると、がぜん自信がつくの。『男』になってもう一度アタックなさい」

「ど、どうして僕を……？」

決して冗談には思えない明代の問題発言に、茂夫は率直に訊ねる。

「実はね……入寮当時から、野島クンのこといいなと思っていたの」

「えっ」

「覚えてる？　入寮時、引っ越し業者さんに『ありがとうございます。僕も手伝います』って言いながら、一緒に荷物運びを手伝っていたでしょう。その時、純粋にいい子だって感じたの。それだけじゃないわ。野島クンは気づいてないかもしれないけれど、ふとした時のほわんとした表情に無防備な色気があって、女心をくすぐるのよね。アナタにはわからないでしょうけど……」

明代は、ポッと頬を赤らめた。

「そ、そうだったんですか……」

予想外の言葉に、茂夫はこれまでの明代を反芻した。

確かに、明代は何かと茂夫を気にかけてくれた。

食堂でこっそり「野島クン用のメンチカツは大きめにしたの。ナイショよ」とウインクしてきたり、セロリが苦手な茂夫に「野島クンのサラダだけブロッコリーね」などの計らいをしてくれていた。

明代の笑顔を見るたび癒されたし、ヌードを想像してオナニーした夜も数知れない。

でも、明代には夫がいる。確か警備会社に勤めていて、柔道三段の腕前だと聞いた。

童貞喪失は嬉しいが、もしバレてしまったら、会社をクビになるかもしれない。

それ以上に、屈強な夫の逆鱗に触れれば、タダでは済まされないだろう。

「で、でも……ご主人が……」

おじけづく茂夫を見て、明代はくすりと笑った。

「大丈夫よ、これは二人だけの秘密。それに……野島クンだから話すけれど、主人はどうやら浮気しているみたい」

「えっ、浮気……？」

「ええ、以前、渋谷のラブホテルに夫が若い女と入っていくのを見てしまって……。ここ一年はずっとセックスレスなの」

切なげに目を伏せる。

「そんなことが……こんなにも魅力的な明代さんを……」

「ありがとう。結婚して三年も経てば、夫婦って色々あるのよ……。時間があまりないけれど、いいわよね？」

再び視線をあげた明代は、まっすぐに茂夫を見つめた。

「え……あ、あの……」

「それとも、初めての女が私じゃダメ……？」

唇をすぼめ、いじらしく訊いてきた。

「と、とんでもないです！」

「嬉しいわ。シャワーの点検はあとにして、先に……」

そう言うと、後ろ手に回し、エプロンを外した。カットソーごしの乳房が、小玉スイカのごとく盛りあがっている。

「あ……明代さん……」

心の準備がまだできていない。童貞喪失のチャンスだが、衝動的にここで明代と男女の関係になっても大丈夫だろうか——そう思う一方で、「今日は出社日じゃないし、またとないチャンスだぞ」とけしかける自分がいる。

明代は、茂夫の声など耳に入らないのか、カットソーの裾をまくり上げ、首から引き抜いた。ふんわり揺れる髪の甘い香りが鼻腔に忍びこむ。

「野島クンも脱いで……」

ピンクベージュのブラジャーに包まれた乳房が現れた。たわわに実る二つの膨らみは、窓から差す日差しを受け、白く艶めいている。

（おお……）

茂夫は生唾を呑んだ。思った以上に柔らかそうで迫力ある乳房だ。そんな茂夫の目を意識してか、明代はスキニーパンツの脇に手をかけ、ゆっくりとおろしていく。

（明代さんと……これから……）

信じられない思いに駆られながら、茂夫は明代を見据える。

肉づきのいい太ももがあらわになった。パンティはブラジャーと同色だ。薄い生地からはわずかに黒い性毛が透け見えている。

ウエストは細いのに尻は左右に張り出し、予想以上にグラマラスだ。

「そんなに見つめないで……恥ずかしいわ。野島クンも早く脱いで……」

明代は足先からスキニーパンツを脱ぎ去りながら、茂夫を促す。

「わ、わかりました……」

股間は熱く屹立していた。

茂夫がTシャツを脱いだところで、

「ベッドに……いきましょうか」

恥じらうように訊いてくる。自分で筆おろしを提案しながらも、女の慎ましさは捨て切れられないらしい。人妻の控えめな欲望が、茂夫を巧みに誘導していく。

「は、はい……」

その声に安堵したのか、茂夫の手を引いた明代はベッドに腰をおろした。

背中に回した手でブラジャーのホックを、いそいそと外す。

「……本当はブラジャーの外し方やパンティの脱がし方も教えてあげたいけど、あまり時間がないから……」

ぷるんと乳房がこぼれた。茂夫は息を呑む。熟れた果実のような豊かな丸みを帯び、大きめの乳輪と薄桃色の乳首が人妻の色香を漂わせていた。

(うわ、巨乳……Gカップ確定だな)

茂夫の股間がもうひと回り膨らんだ。

「野島クンの初めての女になれるなんて、嬉しいわ」

潤んだ瞳に見つめられ、思わず「僕もです……」とうなずいていた。

明代はパンティに手をかけ、わずかに腰を浮かせる。焦らすようにゆっくり引きおろしていくと、なだらかに盛り上がる下腹を覆うパンティから漆黒の性毛がのぞいた。

思いのほか陰毛は濃い。愛らしい顔立ちとのギャップがエロティックで、茂夫の興奮に拍車をかける。

(ああ、明代さんがヌードに……)

茂夫の股間は火を噴くようにいきり立っていた。明代は爪先から抜き取ったパンティを丸め、枕の下に忍ばせた。

茂夫もトランクスをおろす。勃起がぶるんと飛び出した。

「まあ、すごい立派……本当に女を知らないの……？」

明代は急角度に猛るペニスに目をみはる。

「ほ、本当です……正真正銘、童貞で……」

「確かに……こんなきれいなピンク色のオチ×チン、見たことないわ」

明代の吐息がペニスに吹きかかる。もうそれだけで暴発してしまいそうだ。

「さあ、いらっしゃい」

茂夫が下着を脱いで裸になると、明代が茂夫の腕を引きよせた。

そのまま崩れるように、ベッドに横たわる。甘い香りが一気に強まった。

「嬉しいわ」

明代がギュッと乳房を押しつけながら、茂夫の背に腕を回し、抱きしめてきた。

勃起が柔らかな下腹に挟まれ、陰毛がシャリ……と乾いた音を立てる。

「うう……明代さん」

「あん……硬いオチ×チンが当たってる。立派なものを持ってるのに、チェリーちゃんだなんて……」

明代の顔が眼前に迫った。熱い吐息をつくなり、唇が押し当てられた。

茂夫にとって初めてのキスだ。

(うっ、これがキス……柔らかい……なんていい香り)

甘やかなキスに陶然となっていると、舌が差し入れられた。

細く生温かな明代の舌が、口内をまさぐるようにくねりだす。

「うっ……くっ」

体が思うように動かない。心臓だけがバクバクと高鳴り、汗がどっと噴き出した。

「野島クンも、舌を絡めて……」

言われるまま茂夫も舌を動かす。必死に吸いあげ、注がれる唾液を飲んでは、再び唇を押しつける。

(う……女の人の唾液の味……)

まるで花の蜜のような甘さだった。口紅の味なのか、唾液そのものが甘いのか――。それとも、初めての接吻に酔いしれているせいだろうか。茂夫は明代を抱きしめながら、必死に舌を蠢かせた。

「そう……上手よ」

明代がうっとり囁く。

（ああ、股間が……）

ギンと反りかえる勃起が、明代の湿った下腹に触れている。たまらずこすりつけると、明代も腰をせりあげ、ペニスを挟みつけてきた。小刻みに腰を揺らし、真正面から刺激してくる。

次いで、茂夫の背を抱いた手を移動させ、わき腹から腰、股間へとおろしてきたではないか。

汗ばんだ手が勃起に触れた。

「うっ」

イチモツが握られた。自慰の時とはまったく違うなめらかな感触だ。

「うっ……あう」

「ンン、野島クンのオチ×チン、硬いわ……」

手はその硬さを確かめるように、ギュッ、ギュッと揉みしめる。そればかりではない。敏感な亀頭のくびれや裏スジをツツーッと指でなぞりあげてきた。

「はあっ……」

たまらなかった。キスどころではない。思わず唇を離すと、

「カチカチよ……素敵……少しだけ動かすわね」

明代は包皮の剝けきった男根を再び握り、優しくしごき始める。

「う……明代さんっ」

茂夫は叫んだが、手の動きは止まらない。しっとりした手指がペニスを包み、強弱をつけながら上下してくる。

噴き出した先走りの汁がニチャニチャと卑猥な音を奏でていた。完全に翻弄されているが、嫌ではない。むしろ興奮を煽るスパイスだ。

「くっ……あう……ハア」

「ふふ……もっとエッチな声を出していいのよ……そのほうが私も感じるの」

明代が熱い吐息をつく。

互いの湿った息がぶつかり、声にならない喘ぎが重なった。汗が噴きだし、甘い体臭が濃厚に香ってくる。

(くっ、もうダメだ)

一気にペニスのむず痒さが強まった。熱感が猛スピードで尿管をせりあがった瞬間、きつく瞑った瞼の裏に閃光が走った。

「で……出るっ!」

ドクン、ドクン、ドクドク——。

茂夫はザーメンを噴射させていた。ぐっと力んだせいか息が止まり、下腹が熱く痺れている。

「まあ、すごい量ね。私のお腹がべとべと」

明代は驚きと喜びの入り混じった声をあげた。ベッド脇にあったティッシュを数枚とり、腹に飛び散った白濁液をぬぐう。

饐えた匂いが充満する中、茂夫は息を弾ませながら、口内に残る明代の唾液を飲みこんだ。

しばらくすると、

「このまま、お口でさせて……」

「えっ？」

「お口でしたいの……」

そういうや否や、茂夫を仰向けにさせた。明代は起きあがると茂夫の脚の間に体をすべりこませ、だらりと萎んだペニスを摑みなおす。

「ふふ……可愛らしいオチ×チンも好きよ。このまま、おしゃぶりするわね」

乳房を揺らしながら、明代は股間に顔を近づけた。

湿った吐息がペニスを撫でていく。濡れた唇を開き、精液まみれの男根をパクリと咥えこんだ。

「くうっ」

ペニスが生温かな粘膜に包まれる。くねる舌が、裏スジやカリのくびれにまとわりついてくる。

クチュ……ジュブ……ッ。

「はううっ」

甘美な痺れが広がり、腰がわなわなと痙攣した。

放精したばかりだというのに、男根は明代の口内でいきり立っていく。

(こ、これがフェラチオ……なんて気持ちいいんだ)

必死に奥歯を噛みしめた。明代が吸いしゃぶるたび、背筋に得も言われぬ快楽が這いあがっていく。呼吸さえままならない。ぐっと奥歯を噛みしめ、たまらず首を左右に振った。鳥肌が立ち、握りしめた拳がぶるぶると震えている。脳みそがぐずぐずに溶けていく。

(ま、待てよ……これってお掃除フェラでもあるのか……?)

イチモツをしゃぶる明代の淫らなフェラ顔を見ながら、感激と興奮が加速していく。あの愛らしい明代が自分のモノを咥えている。

ファーストキスから始まり、フェラチオにお掃除フェラ——ものの三十分ほどで、一気に体験してしまった。

「ほうら、もう硬くなってきたわ……ピンク色で初々しいのに、カリが張って逞しい」

明代は嬉々としてペニスを頬張り、落ちかかるミディアムヘアを掻きあげながら、首を打ち振っている。

ペニスも握ったままだ。吸いあげる際は包皮をしごきおろし、咥えこむ時は剝きあげる。

時おり、尿道口に舌先を差し入れてきた。

もう、されるがままだ。茂夫は唇を震わせ、フェラチオの快感に酔いしれる。

「ン……エッチなお汁が噴きだしてきたわ……美味しいわよ」

愛撫を続けつつ、明代は大きな瞳で茂夫を見つめる。

まるで「フェラ顔を見て」と言わんばかりに視線を外すことなく、丹念に吸い立て、舌を絡ませた。

「タマタマも揉みほぐすわね。ここも気持ちいいの」

咥えながら、明代はもう一方の手で陰嚢を包みこんできた。優しく揉みほぐされると、興奮にペニスがますます硬さを増していく。

（うう、世の中に、こんな気持ちいいことがあったなんて……）

最高だった。

茂夫は、魂まで持って行かれそうなほどの凄絶な愉悦に包まれていた。

しばらくすると、

「野島クン、オッパイを触って」

明代は勃起を吐きだし、上体を起こした。

「い、いいんですか？」

「もちろんよ。好きに触って……」

茂夫は目の前のたわわな乳房を両手ですくいあげ、おずおずと揉みこねる。乳輪はやや大きめで、乳首はいかにも感度がよさそうに勃っている。

「ン……いいわ、柔らかいでしょう？」

明代はうっとりと目を細める。

「すごく柔らかくて……マシュマロみたいです」

「吸ってもいいのよ。好きにして……」

その言葉に、茂夫は生唾を呑みながら、乳房の谷間に顔をうずめた。

両頬が弾力ある乳肉に挟まれる。

シルクのような肌に唇をすべらせ、ツンと勃つ乳首を口に含んだ。

「……あ、ンッ」

明代が背をのけ反らせる。

「いいわ……舌で転がしてみて……」

「こ、こうでしょうか?」

茂夫は両乳房を揉みながら舌先を上下させ、乳頭を弾いた。

すると、あっという間に乳首が硬さを増していくではないか。

(すごい、こんなに硬くなるんだ)

なおも懸命に舌を躍らせる。

AVを思い出しては上下左右にチロチロとねぶり、乳輪ごとチュッと吸いあげた。

「ン……上手よ。本当に童貞なの……?」

明代は甘く声を震わせ、勃起を握ってきた。

「くっ……本当です……何もかもが初めてで……」

そう告げるのが精いっぱいだった。先ほどのフェラチオで、肉棒はパンパンに膨らんでいる。

「早く筆おろしをしてあげたいけれど、その前にシックスナインよ。野島クン、女の人のアソコは見たことある？」

乳首を吸われながら、明代が訊いてくる。

「……ＡＶではありますが、本物はまだ……」

リモート会議で千鶴のアソコは見たが、それは内緒にした。

「わかったわ。じゃあ、私が上になるわね」

そう言うなり、明代は茂夫を仰向けにさせる。

「恥ずかしいけれど、女の体をしっかり見て、味わってほしいの」

明代は汗ばんだ体を浮かせ、茂夫の顔にまたがってきた。

「おお……」

圧巻だった。茂夫の眼前には、肉づきのいい尻肉が左右に張りだし、ぱっくり割れた膣口が、淫らな食虫植物のごとく赤くぬめっている。

（こ、これが……明代さんの……女のオマ×コ）

リモートでは決して知ることのない、甘酸っぱい誘惑臭も鼻をつく。

肉ビラは千鶴より厚く、色も濃い。呼吸のたび濡れた粘膜がヒクつき、セピア色のアヌスも息づいている。

（た、たまらない……すごくエロティックで……ああ）

直後、茂夫は「くううっ」と叫んでいた。

明代がペニスを頬張ってきたのだ。

先ほどよりも深く咥えこまれ、ジュブジュブと吸い立てられる。

「あううっ……」

茂夫も負けじと尻肉を引きよせ、ワレメに吸いついた。

複雑によじれた女の肉襞を舌先で舐めあげ、ねぶり回す。

甘酸っぱい味が口いっぱいに広がった。

「あン……いいわっ……野島クンの舌、気持ちいい……上手よ」

明代は尻を震わせながら、ヨガリ声をあげた。

頬張った肉棒に舌を絡めては、甘く鼻を鳴らし、情熱的なフェラチオを浴びせてくる。

「ううっ……明代さん……ッ」

茂夫も必死に応戦した。ＡＶで得た知識を思いだしてはワレメを舐めあげ、肉ビラを吸いしゃぶる。

ニチャ……ニチャ……クチュクチュ……ッ。

「あんっ、ああんっ」

室内には互いの性器をしゃぶる唾音と、悩ましい喘ぎ声が響いていた。

茂夫は弾力ある尻肉をわし摑み、ワレメに舌を這わせては、あふれる愛液を啜った。

「野島クン、クリトリスの場所……わかるかしら。ワレメの上のほうの突起よ。そこを舌でつついてみて。女はそこが弱いの……」

明代はフェラチオを続けながら、優しく語りかけてくる。

「は、はい……」

茂夫は目いっぱい舌を伸ばした。

明代が腰を浮かせてくれたおかげで、舌先がツンと尖ったクリトリスらしき突起に触れた。

(ここだな)

すかさずピンッと弾くと、

「ああ……ッ！」

明代は甲高い声で叫び、尻をぶるぶると震わせた。

それから急展開だった。

茂夫は尖りを増したクリトリスを重点的に責め、あふれる蜜を啜り続ける。肉ビラを甘噛みし、拙いながらも懸命にワレメを舐めねぶる。

明代の愛撫にも拍車がかかったようだ。ヨガり声も高らかに勃起を咥えこみ、激しいフェラチオを浴びせてくる。

「タマタマも頬張るわね。優しくするから安心して」

次の瞬間、右側の睾丸が口に含まれた。

「くううっ」

茂夫の舌の動きが、一瞬、止まった。

まるでアメ玉のように口内で転がされる心地よさに、全身が総毛立つ。

(あう……明代さんが、こんなことまで……)

明代は左側も同じように吸い転がし、しまいには二つ一度に呑みこんできた。目に見えずとも、口いっぱいにタマ袋を頬張る明代の歪んだ美貌が、茂夫の脳裏をかすめる。

興奮のボルテージはいっそうあがり、ペニスが唸るように猛り立つ。

「も、もう……待てませんッ」

茂夫は赤く充血したワレメを見つめながら叫んだ。

勃起はもはや暴発寸前だった。

明代のヴァギナも甘酸っぱい匂いを濃厚に放ち、透明な女蜜がいつの間にか白いものに変わっていた。ヒクヒクとうねる膣口が、女の欲情を訴えているかに見える。

「もう……限界ですッ」

茂夫は再度叫んだ。

「わかったわ。私が上になるから」

明代は尻を持ちあげて向き直り、茂夫の体にまたがった。

騎乗位――しかも、大きくひざを広げたM字開脚である。

あまりにも大胆な体勢に、茂夫の声が一瞬つまる。

濡れた女の陰部は、ふっくらと肉ビラが充血し、合わせ目の上には真珠のようなクリトリスが艶めいている。

「前からも見て……野島クンのオチ×チンが入る場所」

明代は豊かな乳房を揺らしながら、熟れたワレメを見せつけた。

「いっぱい舐めてくれたから、クリちゃんもぴんぴんよ」

細い中指がツンと自身の肉真珠を弾いた。

「ああ……明代さん」

あまりの昂ぶりに、茂夫は呼吸すらうまくできない。

「野島クンの童貞喪失の瞬間を、しっかり目に焼きつけてね」

「は、はい……」

何とかうなずき、目を凝らす。

明代は勃起を握り、亀頭をワレメにあてがった。

二、三度往復させ愛液をなじませると、ゆっくり腰を落としてきた。

ズブッ……ズブ……ブブッ！

「おううっ」

「あぁ……ああんっ！」

狭い膣路をこじ開けながら、ペニスは根元まで呑みこまれた。

熱く柔らかな粘膜が、四方八方から男根を圧し包んでくる。

「あぁん……根元まで入ってる。童貞卒業ね。おめでとう」

明代はうっとりと目を細める。

男根は一分（いちぶ）の隙間もなく、膣奥深くまでハマっていた。

（こ、これが、オマ×コの中……温かくて、キツくて……なんて気持ちいいんだ）

あまりの衝撃に、茂夫は息を呑むばかりだ。

しかし、男になったという実感がふつふつと湧いてくる。

「明代さん……気持ちいいです。男にしてくれて、ありがとうございます」

「野島クンの初めての女になれて嬉しいわ。少し腰を動かすわね」

明代はひざ立ちになって茂夫の腹に手を添え、前後に腰を揺すり始めた。

ギシギシとベッドがきしむリズムに合わせて、甘美な摩擦と圧迫が男根によこされる。

「くっ、うううっ」

思わず呻いてしまう茂夫だが、

「あん……野島クンの感じる声をもっと聞かせて」

腰を振るたび、肉ビラが男根に絡みつき夢心地だ。

「ああ、たまらないわ。野島クンのオチ×チン、カリの引っ掛かりが最高よ」

明代はいっそう乳房を弾ませながら、腰を振りたてる。

ベッドがきしみ、二人のくぐもった声が重なった。

「野島クン、これが前後の動き……そして、これが上下の動きよ。どっちが気持ちいいかしら？」

器用に尻を揺すって訊いてきた。

「ど、どちらも気持ちいいです……ああっ……すごい。ますます締まってきました」

茂夫はキュッとペニスを締めあげる膣肉の猛威に、歯を食いしばった。

これが童貞を卒業することなのか——心の中で叫びながら、明代を見あげる。

愛らしい表情は、歓喜にむせぶ女の貪欲さが滲みでている。婀娜（あだ）っぽいほど頬を紅潮させ、半開きにした唇のあわいから「あぁ……たまらない」と切なげな喘ぎを漏らしていた。

腰を揺するたび、互いの陰毛が絡みつき、粘膜が吸いつき合う。結合部からは淫らな性臭が立ちのぼっていた。

だが、まだまだ足りないらしい。

「野島クン……私がお尻を落とすタイミングで、腰を突きあげてくれるかしら」

明代は潤んだ瞳を向け、そうねだってきた。

「わ、わかりました」

茂夫がうなずくと、明代は弾みをつけて尻を上下させる。

ジュブッ……ジュブブ……ッ！

「おおうっ」

思わず暴発しそうになったが、必死にこらえ、腰を突きあげた。角度やタイミングを変えているうちに、徐々にコツが摑めてきた。

「あぁっ、上手よ……子宮まで響いてるッ」

明代は乳房を弾ませながら、なおも腰を上下させる。尻が落ちてくる瞬間、茂夫もひざのバネを使って腰をせりあげた。

（おお、最高だ！）

密着感が格段に増した。

互いの性器が湿った音を立ててぶつかりあう。膣肉にぐさりと刺さる手応えに、茂夫はいくども奥歯を嚙みしめた。

「はううっ、カリの段差がたまらないわ……オチ×チン、いいっ！」

明代は眉間に刻んだシワを深め、快楽をあらわにする。

「僕もです……明代さんのオマ×コ……ますます締まってきて……」

茂夫はぶるぶると跳ねる乳房に手を伸ばした。

大きな膨らみをすくって揉みこね、乳首をひねりあげた。

「ああんっ……もう、イキそうッ」

乳首を摘ままれた明代が叫んだ。

「イッて下さい。僕も、もう……限界です！」

「わかったわ。私の中にたっぷりと出して……はぁぁんッ」

その声に、茂夫がひときわ強く突きあげると、明代も上下左右に尻を振りたて、しまいには大きく腰をグラインドさせてきた。

うねる女襞がさらに男根を圧し揉んでくる。

汗が飛び散り、互いの粘膜が溶けあう。

熱い塊が猛スピードで尿管を這いあがってきた。

「で、出ますッ、ああっ」

「私もよ。イク……ああっ、イッちゃう！」

直後、茂夫は熱いザーメンを明代の膣奥でほとばしらせた。

3

ドクン、ドクン——

「ううっ……おううっ」

茂夫が、初めての女体での射精に感激しているところに、ベッド脇にあるスマホが鳴った。

(な、なんだ……このタイミングで)

童貞喪失直後にスマホを取るのはためらわれたが、会社からかもしれない。ティッシュで後始末をしてくれている明代に「すみません」と詫び、スマホを手にした。

液晶画面には「原千鶴」と表示されている。

(千鶴先輩……?)

すっかり忘れていた。先ほどの電話で、「かけ直す」と言ったのだ。

茂夫は焦ったが、

「私にかまわず出て」

何も知らない明代が気遣いの言葉をかけてくれる。恐縮しながら通話ボタンを押すと、

「野島クン、急で悪いけど今からリモート会議よ。センター棟の食堂に集合したいけど、短時間で済むからすぐにＰＣを開いて」

千鶴は有無を言わさず命じてきた。

「い、今からですか？」

茂夫が訊いた時、すでに電話は切れていた。

「お仕事みたいね……」

裸の明代が困ったように笑う。

頬は上気し、乳首もツンと硬く尖っていた。

「すみません。これからリモート会議になって」

疼くペニスを振り切るように、慌ててシャツを羽織ると、

「大丈夫、私のことは気にしないで」

明代はどこまでも優しい言葉をかけてくれる。

デスクチェアに座り、ＰＣをオンにする。

パスワードを入力して指定のルームにアクセスすると、画面には千鶴の他にも

う一人の若い女性がいた。

（お、メガネ美人！）

ボブヘアの似合う和風顔のメガネ美女だ。

グレーの作業着姿だが、豊かな乳房は服の上からでも見て取れる。

千鶴はリモートセックスの件などおくびにも出さず、

「野島クン、こちら四葉製作所の岡部香織さん」

事務的に紹介してきた。

「岡部です。本日はバイブレーターの動きやデザインの確認をしますので、よろしくお願いいたします」

香織は、にこやかに挨拶してくる。

「よ、よろしくお願いします」

茂夫が胸を高鳴らせて礼をすると、

（えっ）

何かが太ももに触れた。

下を見ると、明代が裸のまま身をかがめ、茂夫の足元にすり寄って来たではないか。

そればかりではない、ＰＣに映らぬよう、股間に手を伸ばしてきた。

窮地ともいえる状況に、茂夫は頰を引きつらせた。

（お、おい……ッ）

それを知るはずもない香織は、

「御社のオーダーに従い、バイブの振動は十段階、回転は左右、そして、クリトリスを刺激する部位を加えたいと思います」

鈴の音のような声で真面目に告げてきた。直後、

「あううっ」

茂夫は悲鳴をあげた。

明代が股間に顔をうずめ、ペニスを咥えてきたのだ。

「野島クン、いったいどうしたの？」

千鶴は怪訝そうに唇を尖らせた。

「す……すみません。なんでもありません」

茂夫はペコペコと頭をさげ、作り笑いを浮かべる。

訝しがられながらもこの場は乗り切ったが、明代は茂夫のペニスを口に含んだまま、舌を絡めてくる。

ニチャッ……クチュ……ッ。

「ぅうう……」

思わず、唸りをあげてしまう。

人妻ならではの巧みなフェラチオに、ペニスは早急に硬さを増していく。

(まてよ、これもお掃除フェラだよな……?)

間違いない。射精後のザーメンが残るペニスを、明代は美味そうにしゃぶっている。童貞喪失後に味わう二度目のお掃除フェラだ。

(感激だ……ううっ、気持ちいい……)

腹の底に力をこめ、必死に平静を装うが、全身から汗が噴きだし、呼吸は荒くなるばかりだ。

「……で、ひとつご相談です。クリトリスを震わせるシリコン部分ですが、ここは可愛らしく、ウサギの耳にしようと思うのですが、野島さん、いかがでしょう?」

焦る茂夫に気づくことなく、香織はバイブのデザイン画を見せてきた。

胴体部分から斜め三十度ほどに突起したウサギが描かれている。

「ウサギの耳でクリトリスを……?」

「はい、ウサギの他、ペンギンのくちばしという案もありますが」

次いで、ペンギンが描かれたデザイン画も映しだされる。

「ええと……あ……あぁぁ」

茂夫は言葉を詰まらせた。

明代は肉棒を頬張りながら、またも陰嚢を手で揉みほぐしてきたのだ。

それればかりではない、尿道口に噴きだしたカウパー液をチュッと啜り、舌先で裏スジをツツーッ、ツツーッと舐めあげてくる。

「あっ、あっ、ああ」

こらえきれず、唸ったところで、

「ちょっと、野島クン、何やってるの！」

千鶴が一喝してきた。

その声に明代もギョッとしたらしく、舌の動きが止まった。

茂夫はこれ幸いと、デザイン画をじっと眺める。

「ぼ、僕はウサギがいいと思います。ウサギの耳の間にクリを挟み、左右から刺激を与えたほうが強力かと！」

茂夫が一気に言うと、

「なるほど、クリを二カ所で挟むのは斬新だわ」

千鶴がうなずいた。

香織も「確かに二カ所のほうが刺激は強いですね」と賛同している。

「野島クン、なかなか理にかなった良い意見ね。見直したわ。では、これで決まりね。お疲れさま」

千鶴の賞賛の言葉に、茂夫はホッと胸をなでおろす。

「ありがとうございます。お疲れさまでした」

難局を乗り切ったこともあり、茂夫は元気よく一礼した。

「やっと終わったのね……ねえ、続きがしたいわ」

身をかがめていた明代が立ちあがり、デスクチェアに座る茂夫の腿に尻を乗せてきた。

あふれた蜜がニチャ……と、茂夫の腿を濡らす。

「ま、待って下さいッ」

積極的な明代に、茂夫は待ったをかける。

が、言葉とは裏腹に、ペニスは臨戦態勢だ。

カリは大きく張りだし、天を衝くように鋭く反りかえっている。

「でも、野島クンのここ、カチカチよ。私の中に入りたがってるわ」

明代はくすっと笑う。

目の前で揺れる豊かな乳房や濡れた唇を見ていると、先ほど経験した甘美な膣肉の締めつけが思い出された。

「さっきは騎乗位だったから、今度はデスクチェアで対面座位をしましょうか？」

「……対面座位？」

「あ、でもひじ掛けが邪魔ね。でも背面座位ならできるわ。童貞を卒業して、すぐに背面座位なんて、すごい経験よ」

言いながら、くるりと尻を向ける。

太ももの間から手をくぐらせ、勃起を握ってきた。

「あう……くっ、明代さん」

「ああ、こんなに硬く反りかえって、若いって素晴らしいわ。ゆっくり入れるわね」

明代は甘い声を弾ませ、腰をおろしてくる。

亀頭がヴァギナに触れた。

茂夫が息を止めた刹那、一気に腰が落とされた。

ズブ……ズブブッ！

「あんっ……さっきと違う角度……ッ」

「あっ、おうう」

明代は背をのけ反らせながらも椅子のひじ掛けに両手を置き、バランスを崩さぬよう、尻を上下に揺すってくる。

結合部に目線をさげると、ぬめる蜜液にコーティングされたペニスが、顔を出しては女陰に呑みこまれ、再び顔を覗かせては消えていく。

(なんてエロい……やっぱり女の人って、ここまでエロくなれるんだ。まさに昼は淑女、夜は娼婦だな)

茂夫は明代のみならず、千鶴の痴態も思い出していた。

「ああっ……野島クンのカリが私のアソコを逆なでするの。この段差が最高よ」

ミディアムヘアを振り乱しては、汗と甘い体臭を漂わせ、激しく尻を震わせる。

「ねえ、このままオッパイを触って……セックスの時、男は両手を遊ばせちゃダメ。ちゃんと私の体に触れていて」

「は、はいっ」

すぐさま、明代の腋下から乳房を包みこんだ。

手に余るほどの巨乳を揉みしめると、

「ん……いいわ」

明代はさらに夢心地の喘ぎを漏らし、腰を上下させてきた。

抜き差しは、しだいに激しさを増していく。茂夫は必死に射精をこらえながら乳房を揉みこね、乳首をひねりあげた。

「ン……たまらない……野島クン、上手よ」

明代は時おり茂夫を振り返ってズブリと尻を落とし、「もっと奥まで欲しい」と言わんばかりにぐりぐりと秘唇を圧しつけてくる。

「あん、おかしくなるッ」

「ううっ、キツいです」

茂夫が唸ると、明代はいっそう律動を速め、ペニスをさらに膣奥まで引きずりこもうとする。

「あぁ……私の中が野島クンのモノでいっぱい……こんなに刺激的なセックスは久しぶりよ」

「ぼ、僕もです……オッパイは柔らかなのに、乳首は硬くなっていて……明代さん、セクシーすぎます」

茂夫がフッとうなじに息を吹きかけると、明代はビクッと肩を震わせ、尻をくねらせる。

（おお……ますますキツくなってきた）

このまま、ここで射精してもいいのだろうか。童貞を卒業したばかりの茂夫にとって、訊いていいのかすらわからない。

その時、

「ねえ、ベッドに行きましょうか」

明代が腰の動きを止めた。

「えっ」

「正常位も教えてあげたいの。いいわよね」

結合を解いた明代は、茂夫の手を取りベッドへと向かう。

乱れたベッドカバーの上に仰向けになり、薄笑みを浮かべた。

「早く、いらっしゃい」

「は……はい」

茂夫はベッド脇に立ちすくんだ。

改めて明代のヌードを見ると、その肉感的な色香にめまいを覚える。

仰向けになってもちっとも歪まぬ丸々とした乳房、ツンと勃った乳首。濃い目の陰毛は興奮に逆立ち、赤いワレメは愛蜜で濡れ光っている。

(ああ、色っぽすぎる)

茂夫がベッド脇に立ちすくんでいると、

「ここに来て」

明代はわずかに脚を広げた。

「はい……」

茂夫は、明代にリードされながら脚の間に身を置き、勃起の根元を握った。カウパー液と混じり合う女蜜の甘酸っぱい香りが鼻をつく。

「入れる場所……わかるわよね」

「はい……い、入れますね」

亀頭をワレメに押し当てた。

明代と視線を絡めながら腰を送りだすと、ペニスは柔らかに濡れた女園をまっすぐに貫いた。

ズブッ……ツプププ……ッ！

「ああッ」

明代は大きく身を波打たせた。

膣肉を割り裂く手ごたえとともに、襞がペニスに吸いついてくる。

「うっ、ああっ」

茂夫は膣ヒダのうねりに歯を食い縛りながら、なおも根元までねじこませる。

「あんっ、こんな奥まで……すごいわッ」

明代は茂夫の二の腕を摑んだまま、熱い吐息をついた。

「野島クン、そのまま腰を動かしてみて。最初はゆっくり焦らすように……そして少しずつスピードをあげてほしいの」

そうレクチャーする間にも、膣肉がキュッ、キュッと収縮している。

「わ、わかりました」

茂夫はゆっくりと腰を前後させた。

ズブ……ズブ……ッ。

密着した粘膜がこすれ、甘美な摩擦がよこされる。

「いいっ……いいわ。上手よ」

明代は快楽を伝えるように、摑んだ茂夫の二の腕に爪を立ててきた。

「僕も……ですッ」

茂夫は明代のひざ裏を抱えながら腰を打ちつける。言われたとおり、初めはゆっくり、そして徐々にスピードをあげていく。

「あんっ、そうよ……すごく上手……とても童貞だったなんて思えない」

濡れた唇のあわいから、白い歯がこぼれた。

「明代さんのお陰です……」

茂夫は懸命に腰を前後させた。

貫くごとに、明代の体は大きく波打ち、たわわな乳房が跳ね躍っている。汗の匂いが馥郁と香る。

（すごい……オッパイって、仰向けでもこんなに弾むんだ）

ＡＶとは比べ物にならないほどの迫力に、茂夫は明代の体を引きよせ、膣肉をえぐりたてた。

慣れてくると、少しずつリズムや角度を変える余裕も出てきた。

「はあ……すごく響くわ。子宮に響いてるの」

明代は依然、茂夫の二の腕に爪を立てて身悶えている。その姿を目の当たりにするると、「女を悦ばせている」という実感がわいてくる。

「ねえ、ひとつ訊いてもいい？」

「な、なんでしょうか」

「さっき話していた野島クンの好きな子って誰かしら……？」

「え……」

唐突な質問に一瞬、茂夫の体が止まった。

「あん、腰の動きは止めちゃダメ」

「す、すみません」

再び抜き差しをしながら、思い切って打ち明ける。

「総務課の……羽賀杏奈さんです……」

「まあ、目のくりっとした可愛い子よね。私は女子寮にも行くからわかるわ」

「え、はい……懇親会の時、プロレスの話で盛り上がったんで食事に誘ったんですが、断られてしまって……」

今、明代を貫いているにもかかわらず、茂夫の脳裏には杏奈のキュートな笑顔が思い浮かんだ。

「ふふ、女ってね……その気があってもなくても、自分の価値を高めるために一度は誘いを断るものよ」

「そ、そうなんですか？」

「もちろん」

「わかりました。自分なりに戦略を練ってみます」

いつしかエネルギッシュに腰を振りたてていた。

ズブズブ……ッ！

「はあっ、いいッ……！　大丈夫、野島クンはもう『男』になったんだから、自信を持ってもう一度、いや、三回まではアタックしてみなさい」

「さ、三回も？」

驚きつつ、茂夫は胴突きを続ける。

傍目から見ると実に滑稽だろうが、この時ばかりは懸命に腰を振りながら女心のイロハに聞き入った。

「ええ、だから諦めずに誘ってみて。セックスだって……ああッ……こんなに感じさせるんだから……大丈夫、自信を持つのよ」

明代の声が途切れがちになった。

ペニスが行き来するごとに身をのたうたせ、愛液を噴きこぼしている。

「ああっ……もっと、突きまくってッ！」

その叫びに、茂夫は必死に腰を振りたてた。

穿つごとに遠ざかる明代の体を引きよせては、再び激しいストロークを浴びせていく。

ズブッ、ジュブブ……！

「んん、いいわ……ッ」

明代は下唇を噛みしめ、苦しげに顔を歪める。

しかし、それが快楽の証であることは明白だ。

（ここで暴発しちゃダメだ。もっと、明代さんをヨガらせたい！）

茂夫は丹田に力をこめ、一気呵成に怒張を叩きこんだ。

「あんっ……いいの……アソコが熱いッ！」

明代は摑んでいた茂夫の二の腕を放し、シーツを掻きこすりだした。

わななく唇のあわいからは抑えきれない喘ぎが漏れ続け、充血した女陰はトロトロだ。

（まだだ、もっともっと明代さんを……）

そう奮起した時には、明代の両脚を肩に担ぎあげていた。

「はぁぁああっ！」

明代は驚きに目を見開く。女体が「くの字型」に折れ曲がったせいで、性器の結合がさらに深まった。

「ああっ、こんなに奥まで……野島クン、すごい」

明代は尻を浮かせたまま、唇を震わせた。

「明代さん……もっと気持ちよくなって下さいっ」

願うように茂夫は怒濤の連打を送りこむ。

すべてAVで得た知識だ。ズブリと腰を突き入れ、引きぬく際はカリのくびれで膣ヒダを逆なでした。

「あっ、ああっ、ダメ！」

明代は髪を振り乱し、いやいやと首を振る。

胴突きのたびに汗が飛び散り、肉ずれの音が響きわたった。

肉がそげ、とろけ、膣路はペニスの形状どおりに伸縮していく。

膣の緊縮と弛緩がペニスを圧迫するが、それに抗うように、茂夫は渾身のストロークを見舞った。

「あぁっ……もう、イキそうッ」

明代があごを反らし、悲鳴をあげた。

「ぼ、僕も……もうすぐですッ」

落ちかかる両脚を担ぎ直し、茂夫は斜め上から、なおもエネルギッシュにえぐりたてる。

「くうっ、むうう」

「ああっ、もう限界ッ……お願い、ダメッ！」

二人の咆哮がこだまする。

「イクッ……イクわ！」

「僕もイキますッ！」

茂夫はとどめともいえる乱打を見舞い続ける。

「お願い、このまま中に出して……ッ」

明代が嬌声を放ちながら、ひときわ大きくのけ反った。直後、
ドクン、ドクン――

アクメに達した美貌を見つめながら、茂夫は煮えたぎる牡汁を鮮烈に噴きあげた。

第三章　野外リモートは蜜の味

1

（ついに男になったぞ）

久しぶりの出社日。茂夫は意気揚々とオフィスに向かっていた。

明代が言ったとおり、童貞を卒業したおかげで、男としての自信が全身にみなぎっている。自然と笑みがこぼれ、堂々と胸を張り、足取りは軽い。

目黒のオフィスに向かう権之助坂（ごんのすけざか）の風景も、どこか色鮮やかに見える。

（童貞喪失したあとって、皆こんな気持ちなのかな……それにしても、セックスがあれほど気持ちいいとは……）

社内に入り、すれちがう社員に会釈しながらも、その自信は揺らぐことはなかった。

廊下を歩く間、茂夫は明代との激しい情交を思い出す。ペニスを締めつける感触と温もりに、股間は疼いていた。

ムクムクと充血するペニスに、

(おい、ここは会社だぞ)

胸中で言い聞かせると、

「よお、茂夫!」

ポンと肩を叩かれた。

振り向くと、同期の高杉守がでかい図体で立っている。

学生時代、ハンマー投げの選手だった高杉は、スポーツマンらしい日に焼けた肌で破顔した。

「久しぶりだな、寮でもあまり会わないものな」

「ああ、営業部とは生活のリズムが違うし、今はこっちも新プロジェクトで、てんてこまいだよ」

苦笑しつつも、童貞喪失した嬉しさに声を弾ませてしまう。

「例のアダルトグッズか」

「ああ」

「千鶴先輩とのタッグだよな。他の社員たちが羨ましがってたぞ。まあ、俺もその一人だがな」

高杉は照れたように頭を掻いた。

「あれ？　前に付き合ってた子……別れたのか？」

「……まあな。今度ゆっくり話すよ。で、茂夫だから言うけど、実は千鶴先輩を食事に誘ったんだ」

「えっ」

「営業マンの意地として、粘った甲斐があったよ。十回目にして、やっとＯＫをもらった」

高杉は誇らしげにうなずいた。

「十回……」

茂夫は高杉の粘りに改めて感心する。

「ただ、条件があると言われたんだ」

「条件？」

リモートセックスした千鶴の「条件」という言葉に胸奥がヒヤッとした。

「ああ、今手がけてるプロジェクトが成功するまではお預けだとさ。だから茂夫、何としてでも頑張ってくれ。入社当時は高飛車な美人だと思ってたんだけど、先月、たまたま帰り道が一緒になった時、『高杉クン、いいガタイしてるわよね』って、背中を叩かれてドキッとしてさ……、まったく、俺って単純だよな。ははっ。じゃあ、頼んだぞ」

そこまで言うと、足早に去っていった。

(そうか、高杉は千鶴先輩にぞっこんなんだな……)

まさか、あのクールビューティーがドスケベでマゾだとは口に出せない。ましてやリモートセックスまでしたなんて——。

しかし、応援したい気持ちはある。

新入社員時代、周囲になかなか溶けこめずにいた茂夫に、高杉は気さくに「一緒にメシ行こうか」と誘ってくれたり、合コンでも「こいつは口下手だけど、気遣いのできる優しい男だぞ」などと言って引き立ててくれた。

アニキ肌で明朗な性格のおかげで、上司に叱責されて落ちこんだ時も、ずいぶんと励まされたものだ。

「よし、高杉、任せとけ！」

茂夫がぐっと拳をにぎった時、前方から杏奈が歩いてくるのが見えた。

白いブラウスにワインレッドのフレアスカート。清楚なたたずまいは、朝ドラのヒロインのようだ。

彼女も女子寮住まいだが、リモートワークが中心となった今、食堂も密を避けて、ほとんど会えずじまいだ。

（そういえば、明代さんが『杏奈さんはここ最近、食堂が閉まる夜九時ごろハーブティーを飲みに来るわ』と教えてくれたっけ）

寮の食堂には、ひと月前に発売された美容効果のあるハーブティーの大型ポットが置かれ、社員は自由に飲めるようになっていた。密を避けて、自分の魔法瓶（まほうびん）に取りに来る者も多い。

茂夫が見ていると、杏奈も視線に気づいたらしい、足をとめ軽く会釈してくる。

「久しぶり……元気そうだね」

そう笑顔で声をかけた。

デートを断られたものの、童貞を卒業したことで、心の余裕ができていた。

「野島先輩、お久しぶりです。あら、いつもと感じが違いますね」

セミロングヘアをキレイに内巻きにした杏奈は、くっきりした二重の目を見開き、小首をかしげる。

「感じが違うって……どこが？」

ブラウスの胸元を盛りあげる乳房に、一瞬、目が奪われた。

「ええと……目ヂカラがアップした感じでしょうか。以前はもっとソフトな印象でしたが、今日はエネルギッシュ。堂々として、素敵です」

杏奈はまぶしそうに表情を和らげる。

心の中でガッツポーズを取った。明代の「女は三回まで誘いなさい」とのアドバイスどおり、さっそく二度目の誘いをしようとした矢先、

「ちょっと、野島クン！」

背後から名を呼ばれた。

茂夫が慌てて振り返ると、

「あっ……千鶴先輩」

シャープな白のスーツを着た千鶴が、ツンと澄ました面差しで立っているではないか。

ミニスカとハイヒール姿で、セクシーな美脚が際立っている。

「試したいことがあるの。すぐ会議室に来て」

例によって、前置きもなく命じてきた。

リモートオナニーに加え、リモートセックスしたM気質の彼女だが、そんな様子は全く見せない。相変わらずつかみどころのない、よくわからない女性である。

「え、はい……じゃあ、杏奈ちゃ……」

そう返答して前を向き直した時には、杏奈はもう自分のデスクへと向かっていた。

(ちぇっ……なんだよ。でも、目ヂカラがあるなんて……やっぱり童貞を捨てて男っぷりがあがったのかな。またタイミングを見てデートに誘ってみよう)

一縷の希望を持ちながら、会議室へ向かい、ドアを開ける。

会議室に入ると、千鶴は「これを持って」とマッチ箱大の塊を手渡してきた。

「なんですか?」

茂夫が受け取ったのは、スイッチがある楕円形の物体だ。

「リモコンよ。ローターは私のアソコに入っているから、野島クンに操作してほしいの」

千鶴は澄ました表情のまま、ロングヘアを掻きあげる。

「リ、リモコン……アソコにローターが……？」

いきなり投げかけられた言葉に、茂夫の思考は追いつかない。

驚きに二の句が継げずにいると、千鶴はキッとにらみを利かせた。

「当然よ。このプロジェクトはアナタと私の二人だけ。で、電波が届く距離を試したいの」

「距離を？」

「ええ、四葉製作所は『十メートルはＯＫ』と言ってたけど、実際、膣内に入れて確認しなくちゃ」

「でも、さすがに僕がリモコン操作というのは……」

嬉しい反面、スケベ心が丸出しになって千鶴の怒りを買うことも懸念された。

「あら、いいじゃない！　せっかく童貞卒業したんだから」

千鶴はまさかのことを言ってきた。

アゼンとする茂夫に、千鶴はふっと笑う。

「野島クンたら、早朝のリモート会議のあと、ＰＣを切り忘れてたわよ」

「えっ」

「お陰で、明代さんとのエッチを鑑賞しちゃった。童貞喪失したあとの二ラウンド目だったのね。それに、総務課の羽賀杏奈さんに片思いしてることもバレバレ」

「そ、そこまで……」

一部始終がリモートでさらされていたとは、信じられない。

しかも、思いを寄せている杏奈の件も知られてしまった。

あまりの驚きに頭が真っ白になる。

そんな心中を察してか、千鶴は腕組みをして笑みを深めた。

「野島クン、安心して。見られた相手が私でよかったじゃない。公言はしないわ」

「で……でも」

「それに、明代さんをあんあんヨガらせて……見てて興奮しちゃった」

千鶴はミニスカごしの太ももをわずかによじらせた。

(千鶴先輩……誘ってるのか……いや、さすがに外では……)

再び、千鶴とのリモートセックスが蘇る。初めて経験した言葉責めも、予想外に欲情した。ペニスがピクリと反応したところで、

「じゃあ、これからA公園に行きましょう。そこで実験するの」

千鶴は踵を返し、颯爽と歩きだした。

「A公園……？　外でやるんですか？」

「当然よ。スマホやＷｉＦｉの電波が飛び交っている場所でもちゃんと作動するか、それを検証するの。さ、早く」

振り返ることなく、エントランスに向かっていく。一歩進むたび、形のいいヒップが左右に揺れ、ハイヒールへと続く美脚がたまらない。

茂夫は呆然としつつも、セクシーな後ろ姿に目を奪われてしまう。

「わ、わかりました！」

リモコン片手に、急いで追いかけた。

2

――A公園は、図書館や美術館の他、グラウンドや散策路などが設けられた広大な公園だ。

噴水前のベンチには、親子連れやビジネスマンらしき男性の姿もある。

「野島クンは適度な距離を取って、リモコンを操作して」

千鶴の指示に従い、茂夫は後に続く。

(間隔は十メートル……これくらいかな)

手にしたリモコンのレベルを、まずは2にアップする。

「あっ……ンンッ」

直後、前を歩く千鶴がビクッと体を震わせた。

ひざが崩れそうになるも、何とか体勢を立て直し、おそるおそる歩を進めているのがわかる。

(もう感じているのか？　よし、レベルアップだ)

茂夫はボタンを押し続け振動のレベルをあげていく。3、4、5……。

「あんっ……ダメッ」

6にした時には、ヒールの脚がよろけ、千鶴は腹を押さえて、ベンチの前にしゃがみこんだ。

「あんっ……はううっ」

丸めた背が震え、ロングヘアが風になびいた。

(うわ、後ろからは見えないけれど、絶対パンチラ状態だよな)

茂夫がリモコン操作をためらっていた時、

「君、大丈夫ですか?」

ベンチに座っていたスーツ姿の中年男性が、千鶴に歩みよってきた。

(あ、こら、あのスケベオヤジ!)

思わず悪態をついてしまう。

純粋に千鶴を心配してのことかもしれないが、彼の位置からは千鶴のパンティが丸見えのはずだ。

中年男性が千鶴の背に手をかけた。

(マズいな。ひとまずスイッチをオフだ)

が、焦ったせいか、手にしたリモコンのボタンを押し間違え、レベルをマックスにするという失態を犯してしまった。

「ひっ……あああっ!」

しゃがんでいた千鶴は腹を抱えて身をのたうたせ、その場にガクリとひざをつく。

茂夫は慌ててリモコンを切り、千鶴に歩み寄る。

呆気にとられる中年男性に頭をさげ、

「先輩、とりあえず、あちらに行きましょう」

千鶴の腰に手を回して立ちあがらせた。

（あ……先輩の香り）

甘い体臭と汗の匂いに一瞬、下腹が熱くなったが、まずはここから去らねばと周囲を見わたした。

向かった先は、近くの多目的トイレだ。確か、最近改装したと聞いていた。

「……野島クン、ごめんなさい……検証するつもりが、予想以上に感じてしまって」

千鶴は熱い吐息を漏らした。頬を赤らめ、甘美な余韻を滲ませている。

「い、いえ……僕なら平気です」

「それで、実験の結果はどう？」

千鶴が茂夫にもたれかかりながら訊いてくる。

「……えっと、後ろから見たところ、電波は十メートルは確実に届きます。あ、着きましたよ」

多目的トイレのドアのボタンを押すと、自動ドアが開いた。

「ひとまず、ここで休みましょう」

千鶴の細い腰を抱き寄せながら、ドアを閉める。

「ええ、ありがとう」

個室内は六畳ほどで、清潔感漂う空間だ。手すりのついた便座とベビーベッド、洗面台があり、壁面には大きな鏡も設えてある。

行きかう車の走行音が聞こえてくるが、「非日常」という言葉がふさわしい。

「ああ、汗びっしょり。ちょっと休むわ」

千鶴はベビーベッドに背をもたれかけた。

（うわ）

茂夫は目をみはる。

白いボディコンスーツの薄い生地が汗で湿り、ブラジャーとパンティラインがうっすら透けて見えるのだ。

（すごい、超ハイレグのパンティ……）

とりわけ、パンティが目立っていた。

千鶴はスレンダーだがバストとヒップは女性らしい丸みがあり、しかも、いわゆる「モリマン」と呼ばれる恥丘が高いタイプのようだ。

（……目の毒だよ）

一度は落ち着きかけた茂夫のペニスが、再びいきり立ってきた。

目のやり場に困っていると、

「ねえ、こっち見て」

千鶴が甘い声を発した。

「えっ？」

視線を向けると、赤いネイルに彩られた指が、スカートの裾をめくりあげていくではないか。

「せ、先輩……？」

「ふふ、アソコに入っているローターは、野島クンが取り出してくれる？」

「ぼ、僕がローターを？」

茂夫は呆けたように立ちすくんだ。

「いいでしょう？　野島クンとはリモートエッチした仲だし、明代さんとのエッチを思い出すと、アソコが疼いてきちゃった」

千鶴は蠱惑的にほほ笑み、くるりと背を向けベビーベッドに手をつく。

次いで、パンチラギリギリまであげたタイトミニのヒップを突きだしてきた。

「ま、待って下さい……」

茂夫は目を泳がせる。

「これは命令よ。早くなさい」

ぴしゃりと言われた。茂夫に向ける瞳は潤み、発情するメスそのものだ。ここは従ったほうが賢明だろう。

「では……失礼します」

茂夫は千鶴の後ろにひざまずいた。

(ああ、セクシーすぎる)

極薄のストッキングに包まれたヒップと太ももは圧巻だ。リモートでは分からなかったなめらかでハリのある太ももとハート形の尻を前に、茂夫は鼻息を荒らげた。

「早くスカートをまくって、パンストを脱がせて」

「は、はい……」

茂夫はおずおずと伸ばした両手でスカートの裾をめくり、腰までたくしあげた。

丸みある引き締まった尻が眼前に迫る。

ストッキングの両側を摑み、ゆっくり引きおろしていく。

「あん、いいわ……窮屈な場所から解放される感じ」

ひざ付近までおろすと、むわんと甘酸っぱい匂いが立ち昇ってきた。

（先輩のアソコの匂い……ここにローターが……）

すでに股間は勃起していた。尿道口からジュワ……と先走りの汁が噴きだすのがわかった。

千鶴に気づかれぬよう、クンクン鼻を鳴らしていると、

「もう、野島クンたら、じれったいのよ。自分で脱ぐわ」

千鶴はハイヒールを脱ぎ、ひざまでおろされたストッキングを摑んで素早く取り去った。

見事なナマ脚とヒップに見とれる間もなく、再びハイヒールに足をすべりこませる。

「ローターを抜く前に、少しだけ舐めて」

白いパンティが食いこむ尻がせりだされると、

「えっ？」

茂夫は一瞬、要求された意味を理解できない。すると、千鶴は余裕の笑みを浮かべる。

「大丈夫。オープンクロッチパンティだから、このまま舐められるわよ」

長い脚が左右に開かれる。

「あっ、先輩……」

茂夫は目を見開く。

「オープンパンティってわかる？　真ん中が割れたセクシーな下着よ」

白いパンティのワレメから、赤くぬめる肉襞が顔をのぞかせた。

女膣にハメこまれたピンクローターの黒い尾部が見え隠れしている。

「早くして、待たせないでちょうだい」

千鶴はオープンクロッチパンティが食いこむ尻をくなくなと揺すった。

「ま、待って下さい……いきなり、そんな」

しゃがんだ茂夫の眼前には、ピンクローターを呑みこんだ粘膜が照明を受け、濡れ光っている。

白いパンティと赤い女粘膜のコントラストに加え、淫靡な匂いが卑猥さに拍車をかけていた。

「もう、焦らさないで」

とがめる声は、いくばくかの甘さを孕んでいる。

その変化にハッとした。

（そうか、Mのスイッチが入ったんだな。よし、今度はリアルに言葉責めだ）

明代とのセックスを盗み見されたこともあり、サディスティックな感情が芽生えてくる。股間をパンパンに勃起させたまま、腹に力をこめる。

「あーあ、恥ずかしいオマ×コだな。好きモノには、これで十分だ！」

そう叫ぶなり、手にしたリモコンの振動レベルをマックスにした。

ヴィヴィーン！

「ひっ、はあぁあっ！」

千鶴はベビーベッドに手をついたまま、激しく背をのけ反らせた。

いやいやと首を振るたび、ロングヘアが散り乱れている。顔を見ずとも、クールな美貌が興奮に彩られているのは明白だ。

「ほら、もっとヨガってみろ！　リモート会議の時は、股をおっぴろげて派手にイキまくってたよな！」

今度はリズムのボタンを操作する。

三拍子から強力な連打へと変わった。

ヴィヴィーン、ヴィヴィヴィーン!!

「はうっ、ひくうっ！」

丸々とした尻が左右に揺さぶられる。

パンティのワレメから充血した肉ビラがぷっくりとハミだし、噴きだした愛蜜が、内ももを伝い落ちた。

(おおっ、ビラビラはけっこうデカいんだな)

ＰＣ画面ではわからなかった千鶴の意外な秘唇のサイズがあらわになる。

「ンンッ……やめてよ。ああっ、野島クン、早く舐めてってばぁ」

先ほどとは一転、千鶴は切羽詰まった状態で、クンニリングスを懇願しだした。

「先輩、人にものを頼む時は、どこをどうしてほしいか、ちゃんと言わなきゃダメじゃないですか」

モーター音と重なるように、茂夫の冷徹な声が個室内に響く。

「ああ……」

千鶴は観念したように、声を震わせた。

「あぁ……ん、オマ×コ……舐めて下さい。千鶴の恥ずかしいオマ×コ、いっぱい舐めて……はあぁッ」

「もう一度！」

茂夫は語気を強めた。

「ち、千鶴のオマ×コを……な、舐めて下さいッ！　ああっ……ローターの振動が……ひっくうっ！」

全身を激しく波打たせ、腹の底から絞りだすように叫んだ。

「もう一度！」

茂夫は執拗にくりかえさせる。

まだまだ千鶴をいたぶりたい気持ちがわいていた。

「あん……いじわるッ、千鶴のはしたないオマ×コ、舐めて下さい……オマ×コ、ペロペロしてぇッ！」

ひときわ大きく叫んだ直後、ローターの尾部がぐっと押しだされた。

（おおっ）

尾部には、玩具を引きぬく際のループ状のワイヤーがある。それが、女膣の圧でせりだしてきたのだ。

茂夫の興奮はさらにエスカレートする。

「千鶴先輩のエロマ×コから、ローターの端っこが出てきましたよ」

言いながら、指でぐっと押し戻す。

「あうっ……あぁ」

膣肉とローターの隙間から、透明な液が噴きこぼれた。

「すごい濡れようだ。大洪水ですよ」

「い、言わないで……ッ」

そう叫んだそばから、再び新鮮な蜜液があふれだし、内ももをツツーと伝いおちていく。

千鶴は呼吸すら困難らしい。息を乱しながら、くぐもった喘ぎを漏らした。

茂夫の指に触れたローターの振動は予想以上に強い。体内にハメこまれた千鶴には、相当な刺激だろう。

「しょうがないな。舐めてあげますよ」

茂夫は両手の親指をパンティのワレメにあてがい、肉ビラを左右に広げた。

「あんっ」

濃厚なメスの匂いが鼻腔に忍び入る。

黒いローターを呑みこんだ真っ赤な粘膜が、モーターとともに、ぶるぶると震えている。

媚肉に顔を近づけ、舌を伸ばした。

あふれる蜜汁もろとも、ネロリと舐めあげると、

「あんっ……いいっ」

千鶴は尻を左右に振りながら歓喜に身悶えた。

今度は左右の溝を交互にねぶり回す。

触れるか触れないかのソフトなタッチと、強めの圧で刺激すると、「あう、だめっ」と盛んに尻をくねらせ、脚をがくがく震わせている。

徐々に顔を出すローターを、今度は舌先で押し戻し、そのままズブリと突き入れた。

「くっ、くううっ」

しなやかな美脚には、いくすじもの汁跡が生々しくてらついていた。

ワレメの上を見れば、セピア色のアヌスがヒクヒクと蠢いている。

「先輩はそうとうな好きモノですね。尻の穴までヒクつかせて……」

すかさず、アヌスのすぼまりに舌を届かせた。

「ひっ……そ、そこは……ッ」

ねじこんだ舌先を震わせる。

「ダメ……もぅ……イヤ」

拒絶の言葉を口にするが、もっと責めてほしいサインであることは、童貞を卒業したばかりの茂夫にも理解できた。

茂夫は放射状に刻むアヌスのシワを舐めのばすように、じりじりと舌を這わせていく。

「あっ、あっ、ああっ！」

千鶴はベビーベッドの柵を摑んだまま、今までになく甲高い声で喘いだ。

膣の締めつけも強まったのか、ローターの振動音も音量が増した。

「おお、気持ちよさそうですね。千鶴先輩の尻穴は、オマ×コに負けないくらいキレイですよ。傷も匂いもない……花のつぼみのようだ」

ＡＶのセリフを思い出しながら、なおもアヌスをねぶっていく。

「あん……やっ、やだ」

「ほら、こんなにヒクヒクさせて……」

いったん舌先をワレメへと戻し、再びアヌスを舐め回すと、心なしかジュワ……と尻穴が潤ってくる。

（おっ、後ろの穴も濡れてくるんだ）

驚きだった。

肛門といってもエロティックに香り立ち、嫌悪など微塵もない。むしろ男を引き付ける誘惑臭だ。

「ああっ……本当にもうダメ……お尻は……お尻はやめてっ！」

千鶴は必死に叫ぶが、茂夫は執拗に舌を躍らせた。

アヌスだけではない、ローターがハメこまれて震える膣口や、満開に広がった肉ビラも、舌の表と裏を駆使してこってりとねぶりまくる。

「も、もう……許して」

千鶴は脚を震わせながら振り向き、哀願してきた。

「降参ですか？　じゃあ、次は僕のモノをたっぷりしゃぶってもらいましょうか。もちろん、ローターをハメたまま」

自分でも驚くほど冷徹な声で命じる。

ズボンのベルトを外し、下着ごとひざまでさげると、

ぶるん──

ヘソを打たんばかりの勃起が反りかえった。

「ああ……野島クン」

千鶴の瞳がなまめかしく光る。

「覚えてますか？　リモート会議で先輩が『ピンク色がキレイ』とか『意外と肉厚なのね』と褒めてくれたチ×ポです。今度はじかに味わって下さい。さあ、早

く！」

茂夫が高圧的に言うと、千鶴はベビーベッドから手を離し、仁王立ちした茂夫と対面した。

白いスーツはさらに汗ばみ、ランジェリーが透けている。

（おお、まさに着エロ）

純白のブラジャーの中心には乳首らしき突起が認められた。

そのうえ、むきだしの下半身は、オープンパンティの前側には陰毛がうっすらけぶり、ふっくらした下腹に薄布が食いこんでいた。

しかも、膣内からはモーター音が鳴り続けている。

「あ……ぁぁ」

千鶴は羞恥と興奮に唇を噛みしめ、下腹を押さえる。

しかし、その美貌に変わりはない。潤んだ目も、なにか言いたげに震える唇も、何もかもが美しく、それでいてぞっとするほどの魅力を孕んでいる。

茂夫はあえて冷笑を浴びせた。

「モリマンは好きモノが多いと言いますが、先輩もまさにそうですね」

「モ、モリマンですって……？」

意外な指摘をされたせいか、千鶴はいっそう頰を紅潮させる。

「つべこべ言わず、早くしゃぶって下さい！」

さらに語気を荒らげると、

「わ、わかりました……」

観念したように、茂夫の前にひざまずいた。

(おっ、胸の谷間が……)

上から見ると、豊かな乳房が窮屈そうにブラジャーにおさまり、くっきりとした谷間を刻んでいる。

千鶴は反りかえる怒張を右手で握り、指を絡めてきた。

「おお……」

リモートでは知りえなかった千鶴の指の心地よさに、ペニスがビクつき、尿道口からカウパー液が噴きだした。

「ああ、硬い……間近で見ると、すごい肉厚……色もキレイ……」

ローターの振動に慣れてしまったのか、それとも勃起に集中しているせいか、はっきりと告げてきた。

「お……おしゃぶりさせて頂きます」

半開きにした唇が勃起に近づいた。

次の瞬間、千鶴の唇がOの字に開き、ズブズブ……ッとペニスを呑みこんだ。

生温かな口内の粘膜に包まれ、茂夫は「くうっ」と呻く。

すぐさま舌が絡められた。

明代とは違う舌づかいだ。いきなり裏スジをこそげる強い刺激をよこしてくる。

それだけではない。右手は肉棒の根元を握り、左手は陰嚢を包みこんだ状態で、唇をスライドさせてきた。

ジュブブ……ッ！

「おう、おおっ」

あまりの心地よさに、ひざが崩れそうになる。

今さらながら、壁際かベビーベッドにもたれかかれる位置に立っておくんだったと後悔した。

「あん……美味ひい」

千鶴は細いあごを左右に傾けながら、咥えこんだペニスを舐めしゃぶる。

唾液をたっぷりまぶすように根元から亀頭部、カリのくびれ、尿道口まで余すことなく舌を這わせてくる。

（ああ……天国だ）

明代のフェラテクも最高だったが、千鶴のねっとりした舌づかいも巧みだ。魂ごと持っていかれそうになる。

すでに射精感がこみあげてきた。

（ダメだ、ここで暴発してなるか）

とっさにジャケットのポケットに入れていたリモコンを取りだし、ボタンを適当に押しまくった。

ヴィヴィヴィーン!!

「ひっ……くううっ」

直後、千鶴は肉棒を吐きだし、下腹を押さえる。

危機一髪のところで、射精を免れた。

が、そんなことはおくびにも出さず、再び鋭い視線を千鶴に向ける。

「先輩、僕がいいと言うまでしゃぶって下さい」

そう告げる間も、リモコンのボタンを手当たりしだいに押しまくる。

気位の高い千鶴がマゾ気質だとわかった今、茂夫の支配欲はいっそう煽られていた。

「くっ……苦しい」

「苦しいなら、苦しいなりに、チ×ポを可愛がってくれなきゃ収まりがつきませんね」

吐き捨てるように言った。勃起を握り、千鶴の眼前でぶるんとしならせる。

「あん、ああ……」

千鶴が涙で顔をくしゃくしゃにした時、壁面の鏡に気がついた。

（あの鏡を使おう）

茂夫は壁面鏡の横まで移動した。鏡を左に見る位置で背後に壁がある。

「さあ、ここまで来て、フェラチオを再開して下さい」

犬でも呼ぶように、ペニスをぶるぶると揺らす。

千鶴は苦しげに顔を歪めながら、中腰で歩み寄る。

茂夫の股間の前まで来ると、震える手で勃起を支え持ち、むしゃぶりついてきた。

「くっ」

女の執念ともいうべき、激しいフェラチオが浴びせられる。

唇をめくらせ、一心不乱に吸いしゃぶる恥態を見ながら、茂夫は慌ててリモコ

ンのスイッチを操作したその時、

ブシュ……ッ!!

黒い塊が勢いよく飛びだした。

それが千鶴の胎内にあるローターだとわかるまで、数秒を要した。

「……早く欲しいの」

ふらふらと立ち上がった千鶴は、尻を向けて壁に手をついた。ちょうど横に鏡を見る位置だ。

床では転がったローターが、ヴィーンヴィーンと機械音を響かせて振動している。

茂夫の描くシナリオとは違うが、ここでハメても問題はないはずだ。

「わかりました」

茂夫はうなずいた。

3

「千鶴先輩、ぶちこみますよ!」

ズボンを脱ぎ捨て、千鶴の背後についた茂夫は、豊満な尻を摑んで引きよせた。

ワレメに亀頭を突きたて、勢いよく腰を送りだす。

ズブズブ……ッ！

「あううっ」

千鶴の体が大きくのけ反った。

「後輩にハメられる自分を鏡で見て下さい」

言うなり、抜き差しを始めた。

散々焦らされたせいか、膣内はとろとろで、ヒダのうねりも凄まじい。

(すごい締めつけだ)

明代とは違う感触だった。焦らされた時間が長いせいか、膣内は熱がこもり、
行き来するペニスが獰猛に圧されていく。

「あぁっ……いいわっ」

千鶴は鏡ごしに自分を見ながら、目の端に涙を滲ませた。

負けてなるものかと茂夫は己を鼓舞する。

「どこまでもスケベな女ですね」

茂夫も鏡を横目に腰を打ちつけた。前側に手を回し、乳房をわし摑む。

乱暴に揉みしだいた乳房は、ジャケットごしでもみずみずしい弾力を持ち、乳首は硬く尖っている。

「くそっ」

興奮が徐々に苛立ちに変わるのは、千鶴がさらなる境地を求めているのを感じたからだ。

「先輩のマ×コが犯されてるところも、ちゃんと見て下さい！」

そう叫び、引きぬいたペニスをズブリと叩きこむ。

愛液まみれの肉棒が、蕩ける女膣に呑みこまれるさまは圧巻だった。

「ああんっ！」

千鶴は壁に爪を立て、結合部を見つめる。

「アソコがどうなっているか、ちゃんと言って下さい。先輩なら、この意味わかるでしょう」

たっぷりと皮肉をこめて告げた。

ズブッ、ズブ……ッ!!

「はうっ、千鶴の……はしたないオマ×コに……チ×ポが入ってるッ」

「もう一度！」

茂夫は弾力ある乳房を揉みしだきながら叫ぶ。

「くうっ、千鶴の変態オマ×コにチ×ポが入ってるの……はあぁぁっ」

「まだまだです！」

ズブリと刺し貫き、引きぬく際にGスポットを逆なでする。ざらついた膣上部を、カリのくびれでこすりたてた。

「くうっ、オマ×コにチ×ポがずっぽり入ってる……千鶴の変態オマ×コ、いっぱい犯して……めちゃくちゃにしてッ！」

千鶴は涙目になりながらも、視線を結合部からそらさない。

そのうえ、律動に合わせ、尻を振りたててきた。

「むうう、むうう」

茂夫は千鶴のジャケットの裾から手を忍びこませ、乳房を揉みしめる。

ブラジャーを無理やり引きおろし、ナマ乳を捏ねまわした。

「ああっ、もっとめちゃくちゃにしてッ！」

千鶴はバックから貫かれたまま、自らジャケットのボタンを外した。

乳房を揉みしめている茂夫の手を振りほどくように上着を脱ぎ捨て、背中に回した手でブラのホックを外し、純白のブラジャーも取り去った。

（おおっ！）

あまりの勢いに一瞬ひるむ茂夫だったが、再び千鶴の腋下に手をすべりこませ、乳房を揉みこねる。

横の鏡を見た。

汗ばむ乳房に指が沈むたび、しこった乳首がくびり出て、ひどくエロティックだ。

茂夫は千鶴の耳元に顔を寄せ、ふうっと息を吹きかける。

「これが社内でクールビューティーと言われる原千鶴の本性ですね。多目的トイレで後輩にハメられて、ヨガりまくって……どこまでもスケベな女だ！」

尖った乳頭をひねりつぶした。

「あううっ……いやぁ」

「そうだ、以前撮ったリモートオナニーの写真、社内にバラまきましょうか。男性社員のずリネタ間違いなしですよ」

「いやっ、やめて！」

甲高い嬌声とともに、膣肉はいっそうキュッ、キュッと収縮し、男根を締めあげてくる。

（うう……限界だ）

茂夫は歯を食いしばり、とどめとばかりに穿ちまくる。

床には、千鶴の喘ぎ声と重なるように、転がったローターがヴィヴィーンと響いていた。

外からは車の走行音や、子供のはしゃぐ声が聞こえてくる。

そんな日常とドア一枚隔てた空間でくり広げられる卑猥な行為に、いっそうヒートアップしてきた。

あわや暴発かと思った刹那、茂夫は結合を解いた。

千鶴の腕を摑み、くるりとこちらを向かせると、たわわな乳房がぶるんと揺れる。量感ある乳肌の中心にピンクの乳首が鎮座していた。

千鶴は唐突にペニスを引きぬかれたせいか、喪失感をあらわにする。

「先輩、そういやキスもまだでしたね」

自分でも驚くほど、冷静な口調だ。美貌の年上女性をいたぶる男になりきっている。

「の、野島クン……」

何か言おうとした唇を、茂夫の口がふさいだ。

柔らかな感触と、甘い匂いが鼻腔をくすぐる。

この倒錯的な行為がいまだに信じられない。しかし、興奮はますます増幅していく。

舌を絡め、唾液を啜る。

「ン……あん」

千鶴も甘く鼻を鳴らしながら、舌を蠢かせる。

互いの舌がもつれ合い、生温かな唾液が行き交った。

「先輩、鏡を見て下さい」

茂夫はキスを解き、首筋に唇を這わせた。華奢な鎖骨から胸の膨らみへとすべらせていく。

両手で寄せあげた乳肉に頰ずりをし、ツンと勃つ乳首を口に含んだ。

「あん……ああっ」

千鶴は茂夫の二の腕を摑み、肩を震わせた。

ペニスに串刺された時の激しい喘ぎとは一転、悩ましくも甘い吐息を漏らす。

鏡を見ながら乳房を捏ねまわし、乳首を吸い転がすと、鏡ごしの千鶴と目が合った。

千鶴は、揉まれるたびにひしゃげ、指が食いこむ乳房を見ては、「ああ……ダメ……」と、恍惚の声を発し、切なげに眉根を寄せている。

(千鶴先輩、完全にMのスイッチが入ってるな)

ならば、もっと翻弄したくなる。茂夫は舌の動きを速めた。

ニチャ……ニチャッ。

「ほら、いやらしい乳首が、僕の舌に弄られてますよ」

茂夫は鏡から視線を離すことなく、ねちっこく舌を躍らせる。乳頭を上下左右に弾きまくり、乳輪ごと吸いたてた。

「ああ……ンッ」

千鶴も鏡の自分を見入っている。

潤んだ瞳が、いっそう煽情的に血走っていく。

「あん……私、いやらしい女……」

「そう、先輩はいやらしい変態女なんです。床を見て下さい。さっきまで先輩のオマ×コに入っていたローターがまだブルブル響いてますよ」

茂夫が告げると、

「あぁっ……イヤ」

振動するローターに視線を流して、泣きそうに表情を歪めた。

「乳首だって、ますます硬くさせるんですから、どんだけ好きモノなんだ」

あえて見せつけるように、赤さを増した乳頭に軽く歯を立てる。

「……あん……いやっ」

「嫌がっているようには見えませんものね。男を挑発しているとしか思えない！」

勢いづいた茂夫は、右ひざをあげワレメをぐっと突きあげた。

「ひっ」

千鶴は壁に押しつけられたまま、唇を嚙みしめる。

両乳房をわし摑みながら、茂夫がさらにひざに体重をかけると、花弁がめくれ、クチュリ……と女陰にひざ頭が食いこんだ。

透明な愛液が沁みだしていく。

「あーあ、オマ×コを責められてるのに、おもらしですか」

「ち……違うッ」

千鶴はいやいやと首を左右に揺すった。

茂夫はひざの力を止めない。と、その時、

「はあっ！」

千鶴が大きく体を波打たせた。

「そ、そこ……ダメ……弱いの」

どうやらクリトリスに当たったらしい、唇をわなわなと震わせる。

「でも、先輩の汁で僕のひざがぐっしょりですよ。体は悦んでますね」

茂夫が鏡を見ながら、ひざにぐっと力をこめると、

「あうっ、だめっ！」

千鶴は茂夫の肩口を叩いて拒絶しながらも、ワレメから蜜汁をしたたらせた。

「どこまでも貪欲な女だ。どうせなら、手マンにしましょうか」

「い……いや」

「その『いや』は手マンに対してですか？　それとも、そろそろチ×ポが欲しくなったからですか？」

ＡＶのセリフを精いっぱい思い出し、サディスティックに言い放つ。

左手で豊かな乳房を揉みしめ、右手をワレメに這わせる。

「あ……ぁあん」

充血した肉ビラをこじ開けるより先に、ピンと勃ったクリトリスが中指の腹に

当たった。

女の泣き所を突かれて、千鶴はギュッと目をつむるが、すぐに指を求めるように腰を前後に揺らしてきた。

「一本じゃ足りないようですね。二本同時に入れましょうか」

茂夫は中指と薬指をワレメにすべらせ、そのままズブリと貫いた。

「ひくっ……はうっ」

熱い粘膜がねっとりと二本の指に絡みつく。茂夫が親指でクリトリスを弾けば、緊縮したヒダがいっそう指を締めつけてきた。

「すごい締まりだ……」

茂夫は指を鉤状（かぎじょう）に折り曲げ、粘液を掻きだすように抜き差しを始める。

「あっ、ああっ」

悲鳴とともに、夥しい愛液が噴きだしてきた。膣ヒダがヒクヒクと蠢き、なおも指を圧し包んでくる。

「お願い……もう、入れて！　欲しいの……早く欲しいのッ！」

千鶴のまなざしは、男根を欲する女の執念に満ちていた。切羽詰まって、一秒たりとも待てないと告げている。

「……わかりました。それでは」

女陰から指を抜くと、右手で千鶴の左脚を持ちあげた。

「あぁっ」

「鏡で自分がハメられる姿をたっぷり見て下さい」

亀頭をワレメにあてがう。千鶴が鏡を見た直後、茂夫は一気に腰を突きあげた。

ズブ……ズブズブッ!!

「はぁあああっ!」

潤沢な愛液に勢いづいたペニスは、やすやすと膣奥まで貫いた。

「根元までズッポリ入ってますよ」

千鶴の左脚を抱えながら、茂夫は腰を揺すって肉をなじませる。

「あ……はうっ」

千鶴もさらに深い結合を求めるかのように、茂夫の首に両腕を巻きつかせてきた。

「あんっ……いいっ」

ひときわ深くめりこんだペニスに、歓喜の声をあげる。

(すごいキツマンだ)

先ほどよりも、いっそうペニスへの圧迫が強まった。

煮えたぎる女陰に男根が圧し揉まれ、密着感が深まっていく。

茂夫は、千鶴の左脚を抱えたまま、負けじと突きあげ続けた。ペニスにまとわりつく女膣に抗うべく、いくども激しく肉をぶつけ合う。

「ああ、恥ずかしい私が映ってる……野島クンがこんなに激しいエッチをするなんて……」

千鶴は陶酔しきった瞳で、鏡を見つめた。

「まだまだですよ。もっとヨガって下さい！」

茂夫は己を鼓舞するように、声を張りあげる。

明代に筆おろしをされて一週間も経たぬ間に、千鶴と肌を重ねているのだ。

（よし、一気に行くぞ）

弾みをつけ、力の限り突きあげると、

「ああっ、すごい……ッ、奥まで届いてるッ」

千鶴はあごを反らせ、嬌声を放った。茂夫の首に巻きつかせていた腕を解き、耐えきれないとでも訴えるように、肩口に爪を立てる。

収縮と弛緩を繰り返す膣肉が、ペニスに凄まじい圧と摩擦をよこしてきた。

（くっ、もう限界だ）

茂夫は唸った。いくども射精の危機に陥ったが、欲望の熱いエキスはもう尿道口まで迫っていた。

せめて千鶴を絶頂に導いてから噴射しなくては——茂夫は渾身の力で腰を上下する。

ズブッ……ジュブッ！

「あんっ……もうダメ、イキそう……はぁああ」

「イッて下さい！」

茂夫は落ちかかる千鶴の左脚を抱えなおし、脚を踏ん張った。ひざのバネを使い、ピストンを速める。

ひと打ちごとに、肉ずれの音が響き、互いの粘膜が溶けあっていく。

熱い吐息がぶつかり合い、汗が飛び散った。

「ああっ、イク……野島クンも一緒に……ッ！」

千鶴がそう叫んだ時、茂夫はとどめとばかりに猛烈な一撃を見舞った。

「ああっ、はああッ!!」

全身をがくがくと痙攣させ、千鶴はカッと目を見開く。

直後、茂夫は素早くペニスを引きぬいた。

ドクン、ドクン――。

猛スピードで尿管を這いあがったザーメンは、勢いよく噴きだし、乳房ばかりか、千鶴の頰に噴射した。

最後の一滴までしぶかせると、崩れかかる千鶴をきつく抱きしめた。

身なりを整え、鏡に向かって口紅を塗る千鶴が言う。

「野島クン、羽賀杏奈の情報があるんだけど、聞きたい?」

今の今まで情交に喘いでいたなど微塵も見せない淡々とした口調だ。

「情報……ですか? 差し支えなければ、教えて下さい」

茂夫も服を着て、乱れた髪を撫でつけながらうなずく。

「実は、バイブのモニターに羽賀さんも協力してもらったんだけど……あの子、中でイクことがなかなかできないって、かなり悩んでいたの」

「えっ……」

「遠距離恋愛の彼には、『いつも中イキできないんだよな』って、不満そうに言われるんですって……」

「……そんな」

やはり彼氏がいるのかと落胆する。

そのうえ、相手の男の身勝手さに苛立ちが隠せない。

「まったく……セックスはイクことがすべてじゃないのにね……。とにかく、杏奈さんはセックスにかなりのトラウマを抱えていると思うわ。もし、あの子が好きならそのあたりも十分理解してあげて」

「わ、わかりました。教えてくれてありがとうございます」

窓から差す日が傾きかけた中、茂夫は杏奈の笑顔の裏にある深い悩みに思いを馳せた。

第四章　リケジョの処女喪失

1

二日後、午後九時――。

「野島さん……聞こえています？」

ＰＣから聞こえる鈴の音のような声に、茂夫は我に返った。

「あ、すみません」

画面では、岡部香織がボブヘアをさらりと揺らしながら、メガネごしの瞳を心配そうに細めた。

今は四葉製作所に勤める香織とのリモート会議中だ。

一昨日、千鶴と検証したリモコン式ローターの報告や改善点の見直しだが、千鶴がPR関係者と会食のため、二人だけの打ち合わせとなった。

香織は、茂夫より二つ上の二十六歳。メガネの似合う和風美人と形容するのがふさわしい理工系大学出身のリケジョだ。

(香織さん、やっぱり巨乳だな。前回の作業着も色っぽかったけど、今日の淡いブルーのブラウスも似合ってる。Fカップくらいかな?)

つい、胸元に目が行ってしまう。

それに加えて、千鶴との多目的トイレでの激しい行為が思い出された。鏡に映る自分を見てエロティックに身悶える千鶴の表情が脳裏に生々しく浮かんでくる。

そして、杏奈が挿入ではイケずに悩んでいることも、心に引っかかっていた。

(ダメだ。今は会議に集中しなきゃ)

そう自分を叱咤する。

が、茂夫の目は、ブラウスの胸元を盛りあげる香織の乳房に釘付けになってしまう。

(まさに、和風美人の巨乳リケジョだな)

思わず頬が緩んでしまうが、そんな下心など知るはずもなく、

「もう夜の九時ですものね。あと少しだけお時間を下さいね」

香織は申し訳なさそうに言う。

「とんでもない。ありがとうございます！」

丁重に頭をさげた。

一時間ほど話し合ったのち、改良品を送ってもらうことになった。

本来なら会議はここで終わる。しかし、

「あの、折り入ってご相談があるのですが……」

香織は遠慮がちに告げてきた。

「なんでしょうか？」

茂夫が訊くと、

「じ、実は……先日、見てしまって……」

香織は耳まで真っ赤に染め、恥じ入るようにうつむく。

「何を……ですか？」

「リ、リモート会議のあと……野島さんがセックスしてるのを……」

「えっ！」

茂夫はあんぐりと口を開けた。

寮母である明代とのセックスは、千鶴のみならず、香織にもリモートごしに見られていたのだ。

「す、すみません。PCを消し忘れてたようで……」

しどろもどろになっていると、香織は落ちかかるメガネのブリッジを指で押さえ、まっすぐな視線を向けてきた。

「違うんです！　私、人生で初めて発情の意味を理解しました」

「は？」

意味がわからない。

「正直に言います……私、いまだに処女なんです」

「えっ」

「男の人に全く縁がないわけじゃないんです。ただ、私の理系脳ってあまり恋愛に適さないようで……例えば、デートした男性にキスされそうになった時、『キスって大量のバクテリアの交換なんですよ』と冷静に言って白けさせたり、花火大会に連れて行ってもらった時も、相手が『キレイな花火だね』とムードを盛りあげてくれているのに、『赤色はリチウムで、黄色はナトリウムなんですよね』と言ってドン引きさせたし、合コンで文系の女の子が『ちょっと酔っちゃったみたい……』と可愛く言っているのに、私の場合『血中のアセトアルデヒドが溜まったかも』なんて呟いちゃって……」

「確かに……難解な会話ですね」

「理系仲間では普通の会話、というか理系なりの表現なんですけれど……。で、野島さんのエッチに欲情しました。さらに言えば、セックスしたいと思ったんです」

香織はメガネの奥の瞳を輝かせた。

「え、ああ……あの」

「私の処女をもらって頂けませんか？」

「しょ、処女をもらってほしいって……？」

茂夫は唖然としたまま、オウム返しに訊いた。

知的美女の香織が処女であることも驚きだが、もらってほしいとは――。

「いきなりすみません。でも、野島さんに捧げたいんです」

香織が目力を強めたのがわかった。

その真剣な表情と口調は、とてもジョークとは思えない。

茂夫自身も、初体験の相手に指名された嬉しさとともに、プレッシャーが交錯する。

（でも……僕も明代さんに最高の筆おろしをさせてもらったし……）

よし！　と心に決めて、ＰＣ画面を見返す。

「香織さんは、キスの経験はありますか？」

率直に訊ねた。

「いえ……結局まだなんです。どうしても照れてしまって……」

肩をすくませながら、メガネごしの瞳を不安げに潤ませた。

（か、可愛い……キスさえまだなのに、処女を捧げたいだなんて）

ペニスがピクッと疼く。

「では、リモートでキスしませんか？」

「えっ」

「画面ごしなら、平気でしょう？」

「え、ええ……」

香織は恥ずかしそうにうなずいた。

「まずは慣れることです。キスをするように、カメラに少しだけ顔を近づけて下さい」

「わ、わかりました。こうでしょうか……？」

香織は艶やかな唇をわずかにすぼめてカメラに接近し、そっとまぶたを閉じる。

（おおっ、香織さんのキス顔！）

ピンクのルージュに彩られた唇はふっくらと柔らかそうで、たまらなくセクシーだ。

「僕もキスしますよ」

茂夫は「落ち着け」と言い聞かせ、画面に顔を近づける。アップになった香織の唇に、チュッと接吻する。

（ああ、画面ごしのキスなのに、とろけるようだ……）

そう感激したところ、

「あん……野島さん」

画面に映る香織は唇を半開きにし、息を弾ませている。

「野島さんのセックスする姿が頭に焼きついてしまって……」

上体を元の位置に戻した香織は、両手を胸の前で交差し、ブラウスの上から乳房を揉みしだいていた。

豊満な膨らみを白魚のような手でムニムニと捏ねまわしている。

「じ……実は、あの日以来こうして胸を揉みながら、オナニーしているんです」

「オ、オナニーですか？」

「はい……サンプル品のローターも使って……あ、でも挿入はしていません……クリトリスで……」

言いながら、ブラウスのボタンを外していくではないか。

「サンプル品……クリトリス……？」

あまりの急展開に、頭が追いつかない。

「はい……サンプル品のローターでオナニーを……」

香織は頬を紅潮させたままブラウスのボタンを外し、胸元をはだけた。

「あっ、香織さん！」

ノーブルな香織を体現するかのような、ロイヤルブルーのブラジャーに包まれた乳房が現れた。

光沢ある生地に白い乳肌が映える。

（おお……）

息を呑む茂夫の前で、香織は腕を後ろに回す。

ブラのホックを外そうとしているようだ。

「大人になって、初めて男の人に見せるオッパイなんです」

戸惑いがちに肩ひもを外し、乳房を覆っていたブラカップをよけると、

「ああ……恥ずかしい」

ぷるんと柔らかそうな乳肌がまろびでた。

粒立ちの少ない乳輪に、ツンと勃った蕾のような乳首が、穢れを知らぬ処女を物語っているようだ。

「き、きれいです」

思わず前のめりになった茂夫の勃起がズボンを突きあげる。

「こうしてオッパイを揉みながら、ローターをクリトリスにあててオナニーを……」

香織は息を弾ませながら、左手ですくいあげた右乳を捏ねまわす。

桜色のネイルで彩られた指が乳肌に沈むたび、乳首がさらにくびり出ていく。

「か、香織さん……なんてエロティックな……」

茂夫はPCに映らぬよう、下着ごとズボンをおろした。

唸るようなイチモツが飛びだす。

(このまま、リモートオナニーか?)

硬くそそり立つ男根を握りしめた。直後、
ヴィヴィーン！

聞きなれたモーター音が画面から聞こえてきた。

「ああ……はああっ」

香織がひときわ甲高く喘ぎ、身をのけ反らせている。

「す、すみません……我慢できなくて……ああ」

画面では見えないが、香織がローターを股間にあてているのが察せられた。

「ああんっ……野島さんも一緒に……はあっ」

「わ、わかりました」

茂夫は怒張を握る手に力をこめる。

（まさかこんな展開になるとは……）

茂夫は、乳房を揺らしながら身悶える香織の美貌を見入った。

だが、肝心のアソコが見えないと不満を抱いたところで、

「野島さん、以前お伝えした私のＬＩＮＥに、スマホでアクセスして下さい。ビデオ通話で！」

息を荒らげ、香織が指示してくる。

「えっ、ＬＩＮＥに？」

すぐさまデスクのスマホを取り、香織のアカウントにアクセスする。通常の音声通話ではなく、ビデオ通話がつながった直後、

「うおおっ！」

茂夫は大声をあげた。

画面には、真っ赤に濡れたヴァギナが映しだされているではないか。

スマホ画面に映しだされた肉ビラは充血して淫靡に膨らみ、透明な蜜液を噴きこぼしている。

2

「野島さん……こうやってＰＣとスマホの二台で、エッチな気分になりたいんです」

乳房もあらわに、香織は提案してきた。

（二台使いでリモートオナニーか）

処女というのが信じられないほど積極的だ。

「わかりました。一緒にエッチな気分になりましょう。香織さんのアソコ……とてもキレイでいやらしいですよ。画面を通してエッチな匂いが漂ってきそうです」

茂夫はPCの横にスマホを立てた。こうすると香織の顔と乳房、ヴァギナが同時に見られる。

「僕もペニスを握ってますから」

「あん……あとで野島さんのペニスも、見せて下さい」

ずり落ちたメガネなど気にする様子もなく、香織はスマホでワレメを撮影し続ける。

と、スマホ画面に黒い物体が現れた。

(これは、もしや)

茂夫は目を凝らす。

案の定、先ほどからモーター音を響かせているピンクローターだ。

つまり、香織は一方の手でスマホを、もう一方でローターを持っているのだ。

茂夫がペニスをしごいていると、振動するローターが、ぷっくり膨らんだクリトリスに押し当てられた。

「ああんっ！」

香織はボブヘアを跳ねさせ、大きくのけ反った。

「ああっ、今ローターでクリトリスを刺激しています……くうっ」

「見えてます。ズル剝けのクリちゃんを責めている姿が……ああ、なんていやらしい」

茂夫はついAV男優さながらに、卑猥な言葉を口にするが、

「ああん……ズル剝けなんですね……私のクリちゃん、ズル剝けでいやらしいんですね」

予想外にノリがいい。

「はい、エッチな汁が噴きこぼれて……ヌラヌラです」

ここぞと香織の羞恥心を煽りたてる。

香織はローターの位置を上下左右に動かしながら、クリ責めを続ける。

「野島さん、ご存じですか？　クリトリスには性的な快楽を起こさせる神経が八千以上集まっているんです。それに今、私の体の中ではドーパミンやエストロゲンがドクドク分泌されているはず」

「えっ、そ、そうなんですか」

茂夫の言葉が一瞬詰まる。

さすがの思考回路だ。オナニーのさなかも、脳内にはマン汁のごとく言葉や知識があふれかえっているのだろう。

「やだ、私ったらまた余計なこと言って……」

「大丈夫ですよ。このまま一緒に」

茂夫は再び手しごきを始めた。

「ああっ、いいっ……イキそうです！」

ローターをクリトリスに押しつけながら、香織は大きく身をたわめた。

「イッて下さい。僕も一緒にイキますから」

茂夫はペニスを握る手にいっそうの力をこめる。

（よし、同時にイクぞ！）

そう心で叫んだ直後、

「あんっ……違います。イクのは私だけで、野島さんは私の処女喪失の時にイッてほしい」

「ええっ？」

茂夫はまたも呆気にとられる。

まったく、香織の思考はてんでわからない。

そうこうしている間に、女陰はさらに赤みを増し、蜜液がどっと噴きだしたのが画面に映しだされた。

「あうっ……イキそう。太ももがぶるぶると震えてきました。脚がピンと伸びて……ああっ、ダメッ……イクぅーー‼」

絶頂へのカウントダウンに向けて、女体の変化を実況してくる。

信じられないほど顔面を紅潮させ、首に青筋を浮きたたせている。

「くうううっ！」

獣のような嬌声をあげた直後、香織はがくがくと体を痙攣させた。

メガネがずり落ちる。

（おっ、イッたのか？）

茂夫はしばしＰＣとスマホを見入った。

噴きだした汗で肌は生々しくてらつき、女陰から透明な愛液がしたたっている。

「野島さん……私、イッちゃいました……ハァ」

香織は陶酔しきった表情のまま、スマホを股間から離してビデオ通話をオフにする。

リモートはＰＣのみとなった。

「よ、良かったです」

「次は……野島さんにヴァージンを捧げさせて下さい」

ハアハアと肩を上下させながら、焦点の定まらぬ目が茂夫をみつめた。

（ああ、きれいだ）

メガネ姿も美しいが、外すとひな人形のような美貌がいっそう際立っている。

絶頂直後ともあって、頬はバラ色に染まり、濡れた唇が艶めかしい。

まさに匂いたつような二十六歳の処女の姿があった。

茂夫が見とれていると、乳房を隠そうともせず、香織はＰＣに近づいた。

「お願いします。今から私の部屋に来て下さい」

「えっ、今から……？」

時刻を見ると、すでに午後十一時を回っている。

「お願いします。わがままは承知していますが、いったん火がつくと止められなくて……」

そう頬を赤らめる。

「わかりました。ご自宅は、確か武蔵小杉でしたね」

「は、はい……」

「タクシーを飛ばせば三十分ほどで行けますから、待ってて下さい」

茂夫はひざまでさげた下着とズボンを急いで引きあげる。

勃起がつっかえたが、構っていられなかった。

「よし、行くぞ！」

3

三十分後――

「香織さん、着きました」

自宅マンションのチャイムを鳴らすと、

「野島さん、わがままを聞いてくれてありがとうございます。どうぞ」

淡いブルーのロングカーディガンを羽織った香織が、ドアの隙間から顔をのぞかせた。

（わ、実物のほうが、だんぜん美人）

画面ごしよりも数段美しかった。なめらかな肌や濃いまつ毛が、端正な顔立ちに色香を滲ませている。

だが、胸元に視線をおろし、茂夫は目をしばたたかせた。

乳首が透けているのだ。

(まさか、ノーブラ?)

よく見ると、恥丘あたりにも陰毛が透けている。

すぐにベッドに直行と言うことだろうか?

「さあ、早く」

茂夫の動揺など気にかけることなく、香織は茂夫の手をとり、中へと招き入れる。

室内に入ったとたん、甘い芳香が鼻をつく。

リビングに通されると、白木のローテーブルとベージュのソファー、三脚ある書棚には、辞典や研究書が整然と並んでいた。

(これがリケジョの部屋か。大量の資料があふれかえるイメージだったけど、ちゃんと整頓されているんだな)

茂夫が感心していると、

「野島さん、早く寝室に」

そう急かされた。香織が隣室のドアを開ける。

ダウンライトが淡く灯る八畳ほどの空間が広がった。

中央にベッド、窓際にはデスクが置かれ、ＰＣもある。リモート配信はこの部屋かららしい。

「ほ、本当に……僕でいいんですね？」

茂夫は香織と対面したまま、改めて訊いた。

「はい……野島さんのエッチを見て……私、決めたんです」

香織はロングカーディガンの腰ひもを解いた。両袖を抜き、床におとす。

「ああ……香織さん」

薄い生地は、可憐な花びらのように香織の足元に広がった。

女性らしい凹凸を描く、豊満な肢体が茂夫の前に現れる。

丸々とした乳房、薄桃色の乳輪と乳首。くびれた腰から続く張りだしたヒップ。

逆三角形に繁茂する恥毛が逆立ち、興奮を物語っている。

「き……綺麗です……」

声を震わせると、

「恥ずかしい。そんなに見つめないで」

リモートオナニーをしたにもかかわらず、香織は両手で乳房と陰毛を隠し、太ももをよじり合わせる。

「ご、ごめん……」

わずかに視線を逸らす。ムッチリした太ももから続くスラリとした脚が目を引いた。

「……野島さんも……裸になって」

戸惑い気味に言いながら、香織はベッドにもぐりこむ。

茂夫も素早く服を脱ぎ、ベッドに入る。

背を向けて横たわる香織を後ろから抱きしめた。肌は絹のようになめらかで、吸いつくようだ。

「ン……優しくして」

香織は肩をビクつかせる。

「大丈夫、優しくしますから……」

茂夫は抱きしめた手をそっと胸元へと移動させた。

「ああ……ぁ」

豊かな膨らみを手で包みこむと、硬く尖った乳首が指先にあたる。

香織は体をこわばらせたが、甘やかな喘ぎは、この手を決して拒んではいない。もっちりと弾力ある乳房をやわやわ揉みしだくと、喘ぎ声はしだいに愉悦を滲ませていく。

「僕のほうを向いて下さい」

茂夫の声に、香織はおずおずと振り返った。メガネを外した知的な瞳がしっとりと潤んでいる。

（ああ、なんて愛らしい……）

これから彼女の処女を散らすのだ。まだ経験の少ない自分が、どれだけできるか不安だ。しかし、自分が明代に最高の筆おろしをしてもらったように、香織にも無上の処女喪失を味わってほしい。

「香織さん、キス……できますか？」

吐息がかかるほど近い位置で、まずは口づけの打診をする。

「……はい」

香織は伏し目がちに言う。

「緊張しないで。リモートではちゃんとキスできたんですから」

「ン……」

そう言って茂夫は目をつむり、唇を近づける。
直後、柔らかで温かな感触が唇を覆ってきた。
(おお、香織さんのキス)
薄目を開ければ、香織も目を閉じて接吻に応じている。
呼吸を止め、まつ毛をふるわせながら、必死に唇を押し当ててくる。
「ン……」
これが香織にとって初めてのキスなのだ。
しかし、神聖であらねばと思うほど、股間が突っ張ってきた。
ニチャ……という唾液の音とともに、舌が差し入れられた。
(うっ)
香織が先に舌を絡めてきたのだ。
「野島さんも……舌を動かして下さい」
舌をチロチロと絡めながら、茂夫の手を取り、自分の乳房へといざなってきた。
「あうっ、香織さん……」
処女のわりに、思いのほか積極的だ。
茂夫も舌をくねらせ、乳房を捏ねあげた。

柔らかな膨らみを揉みまわしては、乳首をつまむ。

「ンッ……いい」

香織はか細く喘ぎながら身を波打たせ、愉悦を伝えてくる。やがて、

「おううっ」

茂夫は唸りをあげた。

香織が勃起を握ってきたのだ。

「熱い……これが男の人のペニスなんですね。すごく硬くて脈打ってる。これが私のヴァギナに入るなんて……」

香織は接吻をしたまま、陶酔の声を漏らした。

「あ……もっと硬くなってきた」

柔らかな手が肉棒をすりすりとこすってくる。

「うっ……香織さん」

茂夫は腰を引くが、

「ごめんなさい。ちゃんと触らせて……すごいわ。皮膚とは違う感触だけれど、粘膜でもない……繊細なビロード生地のような感じかしら」

茂夫が下腹に力を入れると、

「あっ、ビクッとした」

無邪気な少女のように驚きの声をあげる。

「私のも触って……」

香織は茂夫の右手を取り、女陰へと導いてきた。

柔らかな陰毛が指先に触れる。陰毛をかき分けると、ツンとした突起に触れた。

「あんっ……そこは！」

「クリトリスですね。すごく硬くなってる……興奮している証拠です」

中指で軽くクリトリスを刺激し、ワレメを優しく撫であげる。

「んんっ」

香織があごを反らせた。

「すごく濡れてる。香織さんが感じてくれて嬉しいですよ……優しくするから、安心して下さい」

噴きだす愛液を指先ですくいとり、肉ビラやクリトリスに塗りつけた。そのたび、香織は淡い声で喘ぎ、蜜液を噴きこぼす。

いつしか室内には甘酸っぱい匂いが充満していた。

ふと、明代の声が思い出された。

——男は両手を遊ばせちゃダメよ。

慌てて、もう一方の手で乳房を包んで揉みこねる。顔を下にずらして乳首を口に含んだ。

「ああんっ」

香織はさらに大きく身を波打たせた。

「ああ……乳首を吸われるって、こんなに気持ちがいいんですね。背中に電流が走っている感じ……はああっ」

茂夫はもう一方の乳首も吸い転がし、硬く勃った乳頭を舌先で弾く。

「香織さんのオッパイ、形もキレイで柔らかい。何よりも感じやすくて……アソコもとても濡れて……もう、あうう」

声が途切れてしまったのは、香織の手しごきがさらに強まったからだ。処女なりに、男の体を研究したのだろうか、肉竿だけではなく陰嚢も握って、お手玉のように優しく揉みこねてくる。

「うっ、ダメだっ」

ここで射精するわけにはいかない。

素早く腰を引き、濡れたワレメをこすり立てる。

あまりの濡れように、つるんと指が入りそうになるが、「彼女は処女なんだ」と自分をいましめる。

「あ……お願いがあるんです。処女を捧げる前にやってみたいことが」

恥ずかしそうに香織は囁いた。

「なんでしょうか？」

「フェ……フェラチオです」

4

「フェラチオを……？」

茂夫は声を詰まらせた。

処女を捧げるという時点でフェラチオも想定内だが、先にクンニリングスをして、香織をヨガらせたい気持ちがあった。しかし、

「はい……挿入前に一度、口に咥えてみたくて……女性から言うのは、はしたないですか？」

香織は汗ばんだ手で、キュッとペニスを握りしめる。

「い、いえ……自分の欲望を素直に伝えてくれて嬉しいです」

快く応じたものの、積極的な香織にいくばくかの恐れが生じる。すでに股間はパンパンだ。処女の香織を前に暴発だけは避けたかった。

「あ、あの……よかったら、シックスナインをしませんか？　初めてだから恥ずかしいと思うけれど……」

「えっ？」

「実は……僕も最近、童貞を卒業したばかりで……ぼ、暴発が……」

正直に告げた。

「まあ、そうだったんですね。では一緒に……」

「じゃあ、僕が下になるので、香織さんは僕の顔にまたがって下さい」

その言葉に、香織はゆっくりと上体を立てて茂夫をまたいだ。むき卵のような尻が眼前に迫る。濡れたワレメがダウンライトに妖しく照らしだされた。

（おお……香織さんの、ナマのオマ×コ……）

先ほどビデオ通話で見た時よりも圧倒的にエロティックだ。

小ぶりな肉ビラは左右非対称で、右側だけが大きい。おそらく自慰の際の習慣だろう。充血した肉ビラが満開に広がり、鮮烈な赤い粘膜を覗かせている。

とろける淫液で、甘酸っぱい匂いがさらに濃く香っていた。
香織も勃起を目の当たりにしているのだと思うと、いっそう欲情してしまう。
やがて、茂夫は香織の豊満な尻を両手でつかみ、女園を舐めねぶる。
(ああ……これが正真正銘の処女のオマ×コの味……)
千鶴や明代よりも、やや酸味が強かった。
これも処女の証だろうと茂夫は感動しきりで舌を這わせると、
「ああ、とろけそうです……すごい気持ちいい」
香織はヒップを震わせながら、握ったペニスをぱくりと咥えこむ。
ジュブッ……ジュブブ。
「おううっ」
すぐさま首を打ち振り、激しいスライドを浴びせてきた。
それも、ペニスに頰の粘膜を密着させたバキュームフェラである。
(初めてのフェラのはずなのに、すごい吸引だ……)
香織はセックスの勘がいいのかもしれない。
「あうっ、香織さん！」
思わず奥歯を嚙みしめた。歯を立てないよう配慮してくれてはいるものの、強めに吸い立てられると、つい、情けない声をあげてしまう。

「うっ……くうっ」

茂夫の切迫した声は、逆に女の欲望に火をつけたらしい。さらに唾音を響かせ、貪るようにしゃぶりまくる。

（うう、マズい。ここで発射はできないぞ）

茂夫も負けてはいられない。ワレメをいくども舐めあげ、真っ赤に膨らんだ二枚の肉ビラを甘噛みする。

「ああっ……野島さんの舌……最高にいい」

どっと噴きだした蜜液を、茂夫は夢中で啜った。

「はあぁ……シックスナインがこんなに気持ちいいなんて……」

香織は乱れた呼吸とともに、ペニスを懸命に頬張り続ける。

蜜液はあふれる一方で、茂夫の顔面はびしょ濡れだった。アヌスもヒクヒクと蠢いている。

（すごい、香織さんて実はかなりエロい人なんだな。メガネの下にこんな貪欲さを隠していたんだ）

熟れた果実のようなとろける女陰を目にし、茂夫はいよいよその時が来たと確信する。

「十分に濡れてますよ。そろそろ……」

茂夫が挿入をほのめかすと、香織もペニスを吐きだし、「はい……」と囁いた。

茂夫の顔にまたがっていた体を起こし、仰向けになる。

今度は茂夫が上体を立て、香織の脚の間に身を置いた。

「本当にいいんですね」

亀頭をワレメに押しつけた。潤いは十分だが、初めて男根を受け入れるのだ。どれほど緊張に包まれているだろう。

「はい、大丈夫です」

香織は高鳴る鼓動を落ち着かせようとしているのか、重ねた両手を左胸に当て、目をつむった。

茂夫は香織のひざ裏をつかんで開かせる。

狙いを定めてゆっくり腰を送りこんだ。

ズブッ……ツププ……ッ。

肉ビラがめくれ、ペニスが女陰へと沈みこんでいく。

「あっ、あっ、ああっ」

閉じていた香織の瞳がカッと開き、宙を彷徨う。

「く、くうう……ッ」

その声に茂夫は腰を止めるが、

「ああっ、やめないで……このまま来てっ」

「わ、わかりました。ゆっくり入れますから」

慎重に男根を突き入れる。

熱く柔らかな膣肉がいっせいにペニスに絡みついてきた。

「ああ、入ってる……」

香織は苦しげに眉根を寄せるが、その表情が、たまらなく艶やかだ。

わずかに焦点を失った瞳も、湿った吐息をつく唇も、ますます紅潮していく肌も、何もかもが愛しく、美しい。

「入ってますよ……香織さんの中にちゃんと入ってますよ」

「ハア……嬉しい……私、これでようやく女になったんですね」

香織は呼気を乱しながらも、笑みを浮かべる。

「はい、香織さんの中、すごくあったかくて、きつくて……気持ちいい」

茂夫は、香織に覆いかぶさり、濡れた唇にキスをした。香織もうっとりと唇を押しつけてくる。

しばらく動かず、このままでいよう。貫かれた直後に、すぐさま抜き差しをされては、香織も苦痛だろう。

徐々に肉がなじんでいくようだ。しばらくすると、

「野島さん、さっきの苦しさがウソみたい……気持ちいいの」

処女を散らされてまもないのに、愉悦の言葉を口にした。

「このまま動いて下さい」

「わかりました。ゆっくり動きますね」

茂夫は香織に覆いかぶさったまま唇を離した。

女体に体重をかけぬよう、両ひじをベッドに付くと、両脚を伸ばし、腰をゆっくり前後させていく。

ツプッ……クチュッ。

「は……ぁあ」

香織は淡く声をあげた。だが、それは先ほどよりも喜悦を孕んでいる。

「大丈夫ですか?」

「ええ、続けて……」

再び、茂夫は腰を送りだす。絡みつく女膣に抗うように、しかし、あくまでもソフトに抜き差しを続けていくと、

「あ……んっ、だんだん慣れてきました。ペニスの摩擦と抵抗が、これほど気持ちいいなんて……」

香織は彼女らしくセックスの快楽を伝えてくる。

愛液の量も増したようだ。粘着音がいっそう響き、律動がスムーズになっていく。

(もう少し、角度を変えてもいいだろうか)

茂夫は上体を立てると、M字に開いた香織のひざ裏を抱えた。

「香織さん、少し慣れたようですから、ちょっとだけ体勢を変えてみますね。苦しかったら言って下さい」

「わ……わかりました」

香織は、自ら不安を打ち消すように、茂夫の太ももをひしと摑む。

香織のヒップがわずかに浮いたところで、慎重に腰を突き入れた。

「はううっ」

香織はあごを反らしてのけ反り、下唇を嚙みしめる。

「はあっ……いい……すごく気持ちいいです。膣が熱くとろけて、内臓が押しあげられる感覚……こんな経験、初めて……」

目の周りを上気させ、首に筋を浮かせながら、香織はいくども「気持ちいい」を連呼する。

ベッドがギシギシときしむたび、恍惚の喘ぎを漏らしては、汗ばむ乳房を大胆に弾ませた。

赤くしこった乳首は、さらに尖りを増している。

「はあ……香織さんのアソコ……キュッ、キュッて締めつけてきますよ」

茂夫は射精だけはするまいと言い聞かせながら、腰を穿ち続ける。

潤沢な愛液で、抜き差しはよりなめらかになり、膣の締めつけも強まってくる。

（ああ、たまらない……気持ちよすぎる）

膣ヒダがいっそう緊縮しペニスを圧し揉んできた。

処女を捧げてくれたという悦びもさることながら、才色兼備の香織に「選ばれた男」だという自負の念がこみあげてくる。

同時に、本当に快楽を共有できているかという不安も押しよせる。

「ハァ……次は私が上になってもいいですか？」

香織は熱い息をつきながら、茂夫を見あげてきた。

「わかりました。香織さんが上に……」

茂夫がペニスをゆっくり引きぬくと、トロリとした蜜汁が噴きだした。

「あ……ン」

香織は眉間にしわを刻み、切なげな表情を作る。

「不思議な感覚ですね。挿入の時は苦しさを感じたのに、いざペニスを抜かれると、体の一部を失くしたような切なさがこみあげてくるんです」

そう言って上体を起こした。

(そうか、女の人って男とは全然違う感覚なんだな)

茂夫はその言葉を真摯に受け止め、仰向けになった。香織はゆっくりと手足を伸ばして茂夫にまたがり、騎乗位の姿勢をとる。

(おお、下から見る姿もセクシーだ)

改めて香織に見入った。

くびれた腰から続く豊かな乳房は、下から見あげるとよりいっそう迫力に満ち、処女を散らされたばかりの美貌は格段に色香が増して、ヴィーナスさながらのオーラを放っている。

愛液まみれの勃起が、再びビクッと反応した。

「すごい……ペニスが熱く脈を打ってます」

香織は男根を握り、亀頭をワレメにあてがった。

「入れますね……ああ」

そう声を震わせ、香織は慎重に尻を落としてきた。

ズブズブ……ッ！

「はううっ」

女体が大きくのけ反る。先ほどよりも熱を帯びた粘膜が、ペニス全体を圧し包んできた。

「ううっ」

茂夫は反射的に両腕を伸ばし、揺れる乳房を摑んでいた。

「ン……感じます……アソコも……オッパイも」

首を反らし、天井を見あげたまま、香織がつぶやいた。

「僕もすごく感じてますよ……ああ、まだまだ締まってくる」

男根を締めつける凄まじい心地よさに、勃起がますます熱を高めていく。

香織は茂夫の腹に手を添え、腰を前後に揺すり始める。

「あン……膣への摩擦と一緒に、クリトリスがこすれて気持ちいい……オッパイも感じる」

腰振りの速度が徐々に増していく。

初めての騎乗位で、愉悦の中にあっても、的確に自分の感じるポイントを見つけたようだ。やはりセックスの勘がいいのだろう。

茂夫も香織の律動に合わせて、腰を突きあげ、乳房を捏ねまわす手に力をこめる。

「いいっ……もっと強く胸を揉んで下さいッ」

「わ、わかりました」

串刺しにされて身悶える香織を見ながら、茂夫は荒々しく乳肌を捏ね、乳首を摘まみあげた。

汗ばむ乳房が、茂夫の手指でひしゃげている。尖り立つ乳首がひときわ卑猥に映った。

「ああ……たまらない」

腰を前後させながら、香織は茂夫を見おろしてきた。

潤んだ瞳は発情したメスさながらに、野性味を帯びている。

性器の結合がいっそう深まり、肉づれの音が響きわたる。

グチュッ……クチュクチュ……ッ！

「ああ、奥まで刺さってる……おへそまで届いてる感じです」

香織は両手で下腹を押さえる。が、腰の動きは止めない。

茂夫も最後の力を振りしぼって突きあげ続けた。

まさかヘソまで届くはずはないと思いつつも、膣肉を深く貫く手ごたえを感じてくれているのだ。男としての自信がわいてくる。

「ハア……電流が背筋を這いあがって、脳天を突きぬける感じです」

「僕もです。香織さんの中は熱くて、きつくて……最高です！」

茂夫は両乳房を揉みこねる手に力をこめた。

揺れおどる乳房は、興奮のせいで乳輪までもがふっくらと盛りあがり、乳首はさらに硬さを増していた。

「ああんっ、子宮が熱い……すごく響くの……」

香織は依然、下腹を押さえたまま、ヒップをくねらせた。おそらく、クリトリスをこすりつけているのだろう。

このまま香織にイッてほしい気持ちがふつふつと湧いてくる。

すると、急に香織の腰づかいが激しさを増した。

いや、それだけではない。自ら股間に手をあてがい、クリトリスを中指でこすりだしたのだ。

「あんっ……野島さん、私……イッちゃうかもしれません！」

切迫した口調で、唇をわなわなと震わせた。

「香織さん、イッて下さい。僕も一緒に……」

茂夫も片ひざを立て、勢いよく腰を突きあげた。

「はうぅ……！」

香織はボブヘアを振り乱し、ギュッと目をつむりながら、今度は腰を上下させてきた。

あまりの迫力に、初めこそ驚いていた茂夫だが、

（よし、今だ！）

香織が尻を落とすタイミングに合わせて茂夫が腰を突きあげると、ペニスは子宮口を激しく叩く。

香織はなおも腰を上下させ、クリトリスをこすり立てる。

「ああっ、もう……イク……イキます。ああっ!!」

女体が波打ち、がくがくと痙攣した。弛緩と緊縮をくりかえす女膣が、ペニスを奥へと引きずりこんでゆく。

「ううっ、香織さんッ！」

香織の名を叫んだ刹那、熱い痺れが猛スピードで尿管を這いあがってきた。

ドクン、ドクン――。

「うおぉぉっ」

崩れ落ちる香織を抱きかかえ、茂夫は濃厚なザーメンをほとばしらせた。

第五章　年上美女との3P饗宴

1

翌週、午後八時五十分——

茂夫が寮の食堂に足を運ぶと、杏奈がテーブルの端にぽつんと座っていた。

（あ、やっぱりいた）

以前、明代が「杏奈さんは、食堂が閉まる九時ごろ、毎晩ハーブティーを飲みに来る」と教えてくれたので来てみたのだ。

テーブルが十五卓ある食堂は、棚に大型ポットが置かれ、元気堂が販売する健康茶やハーブティーが飲める配慮がなされている。

ティーカップでお茶を啜る杏奈の横顔は、何かを考えこんでいるように物憂げだ。

声をかけるのがためらわれたが、

「杏奈ちゃん……こんばんは」

茂夫は偶然を装い、ピンクのカーディガン姿の杏奈に明るい笑みを向けた。

明代に筆おろしをされて以来、千鶴、香織と立て続けに肌を合わせ、男としての自信が芽生えてきたことも少なからずあった。

「あ、野島先輩、こんばんは……こんな時間に珍しいですね」

いつもは内巻きセミロングヘアを一つに束ねた杏奈が、慌てて笑顔を作ったのが分かった。

「ああ、温かいものが飲みたくなってね」

カップを取った茂夫は、マテ茶のティーバッグにお湯を注ぎ、杏奈の斜め前の席に座った。

「私も毎晩ハーブティーを飲みに来ているんです。私、三ツ谷（みや）さんという美容家のファンで……彼女がプロデュースしたローズヒップやカモミールのブレンド茶が、先月からわが社と提携したんですって。美容に効くって女子社員の間では評判ですよ」

「へえ、美容か……杏奈ちゃんは十分きれいだと思うけど」

言いながら、改めて彼女を見る。

（やっぱり可愛いな……）

黒目がちな大きな瞳にすっと通った鼻筋、形のいい唇。色白の肌はみずみずしく、丸顔が彼女のキュートさを際立たせている。笑うと白い歯がこぼれ、愛らしい。

「い、いえ……悩みばかりですよ。あと、女性ホルモンにも効くらしくて」

「女性ホルモン……？」

「……はい」

急に無口になった杏奈に、茂夫はやはりセックスの悩みを改善するためかと勘ぐってしまう。

ここは話題を変えたほうがいいだろう。

「あ、そうだ。懇親会でのプロレスの話……猪木とスタン・ハンセンの試合のことを話したでしょう？」

「はい、確か一九八〇年の蔵前国技館ですね。私の祖父が大好きな試合です」

「僕の祖父も名試合だと言っていたけど、『ぜひ観ておけ』って、ブッチャーとシーク組対ファンクスの最強タッグリーグ戦のＤＶＤを送ってくれたんだ。もう、すごかったよ。シークとブッチャーが凶器を使って、テリーが血だるまになって、シークが火を噴いて……杏奈ちゃんは観たことあるかな？」

勢いづいた茂夫の言葉に、

「いえ……歴史に残る名勝負と聞いていますが……」

「よかったらＤＶＤを貸すよ」

と、そこまで言って、杏奈の表情がみるみる曇っていくのがわかった。

「野島先輩……話題を変えてすみません……ご相談したいことが……」

「な、なにかな」

「男の人って……セックスでつまらない女性には興ざめでしょうか」

いきなり核心をついた質問に、茂夫は二の句が継げずにいた。

「え、えっと……『つまらない』の定義がわからないな……例えば、性的に開発されていない場合でも、相手に気持ちよくなってもらおうとか、一緒にセックスを楽しもうという姿勢があれば、僕はつまらないとは感じないよ」

まさか童貞を卒業したばかりだとは言えない。懸命に答えた。

たまたま自分は明代や千鶴と言った経験豊富な女性に巡り合えたが、たとえ、どんな女性に対しても「一緒に快楽を共有しよう」と思うに違いない。

「……そうですか。それを聞いてすごく安心しました」

杏奈はホッとしたように、ティーカップを口に運び、お茶をコクンと飲んだ。

「も……もし差し支えなければ、聞かせてくれないか。心配だよ」

茂夫が遠慮がちに言うと、杏奈は「ありがとうございます」と小声で言い、こちらを見つめてくる。

「あの……千鶴先輩からお聞きかもしれませんが、例のアダルトグッズのプロジェクト……私も微力ながらモニターとして協力させて頂きました」

「ああ、ありがとう。お陰で順調に進んでいるよ」

杏奈は恥ずかしそうに、頬を赤らめた。

「それは良かったです……で、野島先輩だから打ち明けるんですが、私、中でイクことができなくて……すごくコンプレックスなんです。周りの女の子たちは『普通に、中イキできるわ』と言うし、遠距離恋愛の彼も不服そうに『いつもイケないんだな』って……」

「えっ」

その言葉に、茂夫は言葉を詰まらせた。

やはり杏奈には恋人がいる。しかも恋人とのセックスの相談だ。

(俺は、単なる相談相手どまりなのか——)

でも、打ち明けてくれたからには真摯に向き合いたい。茂夫は言葉を慎重に選びながら話した。

「それはおかしい。中でイケない女性のほうが多いって聞いたよ。ほとんどの女の人が……ええっと……クリ……で」

詰まってしまったが、書物で読んだのは本当だ。

「杏奈ちゃん、周囲の声を鵜呑みにしちゃだめだ。見栄を張る人も多いから話半分に聞いたほうがいい」

「見栄……ですか?」

「ああ、大学時代、『百人斬り』したと自慢する友人がいたけど、実際は風俗嬢もカウントしていたり、イッてないのに『彼氏の手前、イッたふりしてる』っていうインタビュー記事を読んだことがあるよ。だから、情報に流されないでほしいんだ」

つい語気が強まった。

「あ、ご、ごめん……つい、熱がこもっちゃって」

茂夫が冷静さを取り戻すと、杏奈は目を潤ませていた。

「なんか、すごく励まされました。私だけが変なんじゃないかと思って、ずっと悩んでいたから……」

「気持ちはわかるけれど、悩む必要ないよ。ただ……彼氏の悪口を言うわけじゃないけど、イケないことに不満を口にするなんて、ちょっとひどいな……」

僕なら君と抱き合えるだけで幸せだと、のどまで出かかってしまう。

「はい……私、不幸な恋愛にしがみついているのはわかっています」

「もし、苦しい時があったら、いつでも連絡してほしい。僕は、君の味方だから」

心からの言葉だった。

「……ありがとうございます。野島先輩に話してスッキリしました。私、もう寝ますね。おやすみなさい」

杏奈はカップを持って席を立つ。

「おやすみ」

その後ろ姿を笑顔で見送った。

杏奈の心と体を手にしている男への嫉妬と、彼女を傷つける憎しみ。そして、自分なら決して傷つけないのにというもどかしさが、茂夫の心をざわめかせた。

2

二日後——。

新橋にある外資系ホテルのイタリアンレストラン。

杏奈への思いを引きずったまま、黒服に案内された茂夫が奥のＶＩＰ席に行くと、ショートカットの長身美女が、

「あなたが野島クン？」

席を立った。

（うわ、超美人！　モデルか女優か？）

高貴な猫のようなエキゾチックな面差しの彼女は、ボディにフィットした黒のロングドレス姿だ。

スリットが大胆に割れ、引き締まった太ももと、しなやかな美脚があらわになっていた。

「あ、あの……今夜は千鶴先輩とアダルトグッズ商品化の前祝いとのことですが……」

スーツ姿の茂夫が困惑しながら言うと、

「ええ、千鶴ももうすぐ来るわ。私、三ツ谷塔子と申します。美容家として会社を経営しているの」

塔子と名乗る女性は細いあごをやや持ちあげ、蠱惑的な笑みを向けてきた。

「……美容家……社長さんですか」

「ええ、例のモニターにも協力した千鶴の元カノって言ったほうがわかりやすいかしら？」

「えっ、あなたが先輩の元カノ……！」

思いがけない事態に、茂夫は頰を引きつらせた。

今日は千鶴と二人だけの前祝いと聞いていた。

元恋人の同席も驚きだが、ずばり「こんな美女がレズビアンとは、もったいない」という男として純粋な心理が働き、一瞬、言葉を失った。

呆然とたたずむ茂夫に、

「とりあえず座りましょう」

塔子が着席を促してくる。

「す、すみません……」

茂夫は、四人掛けのテーブル席に塔子と相対した。

白いクロスがかけられたテーブルには、ワイングラスやカトラリーがキレイに並べられ、茂夫の左側はガラスごしにきらめく夜景が美しい。

（緊張するな……こういうシチュエーション……）

茂夫は初めてのリモート会議で、千鶴が「元カノは長身美人」と言っていたことを思い出す。

千鶴は見た目クールビューティーだが、塔子はエキゾチックで小悪魔的と形容するのがふさわしい。

押し黙ったままの茂夫に、塔子の値踏みするような視線が突きささる。

（塔子さんは、僕と千鶴先輩との関係は知っているんだろうか……あ、モニターをしてくれたお礼もしなくちゃ）

話すタイミングをうかがっていると、

「野島クンて、画像で見るより好青年ね。なかなかいいセンいってるわよ」

塔子が口火を切った。

「え……」

千鶴はあらかじめ塔子に画像を送っていたようだ。しかも、「いいセンいっている」とは――。

「あ、ありがとうございます」

リップサービスと思いつつも、丁重に頭をさげる。

「確か二十四歳よね。私より六歳下か」

「六歳……塔子さん、三十歳ですか？」

「ええ、千鶴より二歳上。だから何？」

「い、いえ……とても三十には見えなくて……」

「あら、そう」

塔子はツンと澄まして、大ぶりのループピアスに指を絡ませた。

改めて塔子を見つめた。

さすが美容家だけあって、艶(つや)やかな肌はシルクのようだ。長いまつ毛に縁どられた大きな瞳、高い鼻梁、赤いルージュの似合う華やかなオーラをまとっている。

圧倒的な美貌に加え、スレンダーなスタイルの良さは、黒のシンプルなドレスで際立っていた。

シックなシルバーのネイルは、レズビアンらしく、右手のみ短く切りそろえられている。

（あの指で千鶴先輩の体を……）

早くも不埒な妄想がこみあげてきた時、

「お待たせー！」

ロングヘアをなびかせた千鶴が、深紅のミニドレス姿でやって来た。

ビスチェ風のドレスに合わせた赤いハイヒール。ネイルもレッドに彩られ、まるで大輪の紅バラのようにゴージャスだ。

「遅れてごめんなさい！　部長に最終チェックをしてもらったの。商品すべてにOKをもらったわ」

千鶴が塔子の隣に腰をおろす。

「やったわね。千鶴、おめでとう」

塔子がクールにほほ笑んだ。

茂夫も「お疲れ様です」と言ったが、その声は美女二人の笑い声にかき消されていく。

茂夫は、美女二人と対面する形となった。

ＶＩＰ席ゆえ、周囲の客たちからは目立たぬ位置だが、元恋人同士の二人を前にし、気後れしてしまう。

（俺……居ないほうがいいんじゃないか？　あ、よく考えたら、塔子さんとは『穴きょうだい』になるのか……？）

またも邪な思いに駆られていると、千鶴は黒服から渡されたメニューを機嫌よく広げた。

「野島クン、ここのお料理は絶品よ。好きなものを頼んで」

「あ……ありがとうございます」

メニューを見るが、意味不明な単語が並んでいる。

トルティーノ、エスカベーチェ、クレモラータ、キアニーナ、プッタネスカ

――ここは千鶴に任せるのが得策だろう。

「あの……よかったら、先輩と塔子さんにお任せしていいでしょうか？」

「わかったわ。適当にオーダーするわね。アレルギーや苦手なものはある？」

「えっと……セロリ以外は、なんでも食べられます」

そう言うなり、塔子が吹きだした。

「ふふっ。セロリが苦手なんて、可愛いわね」

「う……」

見る間に頬が真っ赤になるのがわかった。

千鶴が塔子と相談しながら黒服にオーダーしていた時、塔子がバッグからスマホを取りだした。

「ごめんなさい。オフィスから電話だわ。ちょっと失礼」

さっと立ちあがり、離席する。

注文を終えた黒服がさがり、千鶴が斜め前から身を乗りだした。くっきり刻まれた胸の谷間に見とれていると、

「驚かせてごめんなさい。急きょ塔子も参加することになって……」

「い、いえ……構いません。プロジェクトもひとまず終わったようですし……」

「そうね。今回のプロジェクトには、塔子自身や彼女の知人もモニターになってくれたし……彼女、モデルあがりの美容家として女性の間では有名だから、人脈を使って各方面に宣伝もしてくれるそうよ」

千鶴は誇らしげな笑みを浮かべた。

「そ、そうですか……ありがたいです」

やはりモデルだったのだと合点がいく。

「彼女がプロデュースしたハーブティーは、寮の食堂にも置いてもらっているの」

そこまで聞いて、茂夫はあっと思い出した。

先日、杏奈がファンと言っていた美容家だ。

(杏奈ちゃんが言っていたのは、塔子さんのことだったのか……すごい偶然だな)

茂夫が不思議な縁に驚いていると、

「持つべきものは使える元カノだわ。で、今のうちに野島クンにこれを渡しておくわね。手を出して」

「は?」

きょとんとしつつも、茂夫がテーブルに手のひらを差しだすと、千鶴は楕円形の黒い物体を渡してきた。

「こ、これって……」

茂夫はギョッと目を剝いた。

「覚えてるわよね? A公園で検証したピンクローターの改良品。ローターはもう私のアソコに入っているから、野島クンが適当にスイッチを操作してほしいの」

「ええっ」

口をポカンと開ける茂夫に、千鶴はうふふと笑って肩をすくめる。

「最後の晩餐ならぬ、最高の晩餐ね。あ、塔子にはナイショよ」

タイミングよく塔子が戻って来た。

茂夫はリモコンを握った手を素早くテーブルの下に隠す。

(う、うそだろう……祝いのディナーでリモートプレイ……?)

千鶴から食事に誘われた時点である程度のスケベ心はあったものの、まさか元恋人の塔子も同席し、そのうえ内緒でロータープレイとは尋常じゃない。

(まったく……どこまでスケベなんだよ……)

何も知らない塔子は、「お腹すいちゃった」と呑気に言い、千鶴も「今日は塔子の好きな鴨肉ね」などと笑っている。

再び黒服が現れ、食前酒のシャンパンをフルートグラスに注いでくれる。

気泡が立ちのぼる黄金色の液体が、グラスを半分ほど満たした。

「さあ、乾杯しましょう」

千鶴の声掛けで塔子と茂夫もグラスを掲げる。

その時、千鶴が茂夫にウインクしてきた。

（えっ……）

スイッチを入れろと言っているのだろう。

（本当にいいのか……？）

塔子を見ると、にこやかにグラスを掲げ、千鶴の乾杯の音頭を待っている。改良品のローターはモーター音も静かだ。店内にはクラシック曲が流れ、バレることはないだろう。

ならば――

茂夫はリモコンを握る手に力をこめる。

「では、今夜はプロジェクトの成功と……」

千鶴が言いかけた時、茂夫はスイッチを入れた。

「あンっ」

千鶴の背がのけ反った。手にしたグラスが揺れ、危うくシャンパンがこぼれそうになる。

「どうしたの？　千鶴」

隣で塔子が不思議そうに訊いている。

「だ、大丈夫よ……ごめんなさい」

茂夫はじりじりと振動レベルをあげていく。

「改めて……商品のヒットを祈念して……はああっ！」

またも千鶴は悲鳴をあげた。一気にレベル5にしたのだ。

(おお、5だとさすがにいい反応だな。Mっ気炸裂だ)

茂夫の股間が熱く疼いていく。

塔子は不審な目を向けるが、それを振り切るように、

「そ、それでは……乾杯!!」

掛け声とともに三人はグラスを合わせ、シャンパンを呑んだ。

千鶴はすでに頬や首元まで赤らめているが、むろん、酔いのせいではない。

訝しがっていた塔子は「フルーティで美味しい」と笑顔になった。

茂夫はのどを潤し、いったんスイッチを止める。

「あ……ン」

振動が止まったとたん、千鶴がチラリと茂夫を見つめてきた。

これからレベルアップするのを期待していたらしい。その目は、明らかに失望感を宿している。

そ笑む。

茂夫は内心大笑いだ。

(塔子さんにはバレてないし……スリル満点だ)

茂夫はドギマギしつつも、次はどのタイミングでスイッチを入れようかとほくそ笑む。

料理が運ばれてきた。

彩り鮮やかな野菜のテリーヌとキノコの前菜だ。黒服が料理の説明をしているところに、レベルをマックスにした。

「はううっ!」

千鶴は背を丸めて、両手で腹を押さえた。

先ほどより胸の谷間をバッチリ拝めたうえ、膣で大暴れしていることを想像すると、勃起はさらに硬さを増していく。

茂夫の股間が膨張していく中、

「千鶴、さっきからどうしたのよ?」

塔子は再び呆れ顔をする。

「だ、大丈夫……ごめんなさい……」

千鶴はハアハアと息を荒らげつつ、うっとりと目を細めた。

振動レベルをさげ、今度はリズムのボタンを操作した。

「く……あっ……はうっ」

千鶴の膣内では三拍子のリズムから、８ビートに変わっているはずだ。快楽とともに羞恥まじりの困惑が、寄せた眉根と潤んだ瞳から察せられた。

千鶴は、塔子と黒服に何度も「大丈夫」と告げ、ナイフとフォークを手にする。野菜のテリーヌにナイフを入れた瞬間、

「ひいいっ」

再び、千鶴は悲鳴をあげた。

今度はレベルをマックスにして、リズムを連打にしたのだ。

「いいかげんにして！　千鶴、アナタさっきから何なの？　もしや、リモコン……？」

口元をナプキンで拭った塔子は、キッと目を剝いた。

「塔子ったら、なに変なこと考えてるの……？　プロジェクトが成功して、一気に疲れが出てきたみたい……ごめんなさい」

しおらしく詫びた千鶴が、茂夫に目配せをしてくる。

（しばらく、大人しくしてろってことだな）

茂夫は黙ってうなずく。

その後は優雅な食事が続いた。

前菜に続き、スープや魚料理、肉料理と豪華な料理が並べられ、ワインも料理に合わせて白、赤を千鶴がチョイスする。

「あら、このワイン、千鶴と初めてデートした時に呑んだバローロじゃない？覚えてくれて嬉しいわ」

塔子は上機嫌でワインを呑み、鴨肉を口に運ぶ。

千鶴もホッとした様子で、ワインを味わっている。

3

「あ、あの……お二人の出会いはどちらで？」

茂夫がやっと会話に入りこむと、千鶴は過去を懐かしむように目を細めた。

「新宿二丁目のレズビアンバーよ。ちょうど『レズビアン・ナイト』というイベントがあって、大勢の女の子がミラーボールが光るフロアで踊っていたの。DJブース裏の通路で目と目が合った時、塔子ったらいきなり私の腕を摑んで抱きしめて、キスしてきたの」

塔子もうっとりと微笑を深める。

「千鶴を見た時、『あ、この子だ』って思ったの。私はちょうど元カノと別れたばかりだったし、親は結婚しろとうるさいし……モデルから美容家になったばかりで、仕事以外の逃げ場がなかった。そのタイミングで出会ったのが千鶴よ。そのまま肩を抱いてホテルに誘ったの」

「そ、そうですか……まるで映画みたいな出会いですね」

茂夫は裸でまぐわう二人を妄想しながら、うなずいた。

「そうそう、塔子ったらホテルの部屋に入るなり抱きしめて、ディープキスをしてきて……シャワーも浴びずベッドインしたのよね。塔子は女子高出身で元々レズビアン気質だけれど、私は宝塚歌劇のファンで、ある男役にハマってて『女同士もアリかな』と思ったの。で、ショートカットで長身スリムな塔子にノックアウトされたってわけ」

「そ、そうだったんですか」

茂夫は相槌を打つ。

塔子もノリ良く話し始めた。

「私はすでに男女両方ともセックスは経験済みだったけど、千鶴はレズビアンが初めてだったのよね。初々しくて可愛かったわ。私がエッチな言葉責めをするとあんあんヨガって、すごく新鮮な興奮を覚えたの」

そのひと言に、茂夫も千鶴との言葉責めプレイを思い出す。

すると、

「あら、失礼しちゃうわ。そんな私を差し置いて、男と結婚しちゃうんだからひどい女」

千鶴が可愛くふくれっ面をする。

「えっ、塔子さんって人妻だったんですか？」

「まあね、親がうるさいからバツイチのリッチな実業家と結婚したんだけど、結婚して二年も経つと若い愛人を作る始末よ。で、こっそりダンナのスマホを見ると、不倫相手はロリ顔の巨乳美女なの。それで『浮気は許すから、一度３Ｐしない？』って持ちかけたら、あっさり断られたわ。ひどい話でしょう？」

「さ、３Ｐ……ですか？」

エスカレートしていく過激な話題に、茂夫はひたいに噴きだす汗をハンカチで拭った。

「そうよ。夫ったら『彼女は純情だから、ごめん』ですって。純情な愛人って、どういう意味よ」

塔子が唇を尖らせる横で、ほろ酔いの千鶴が軽くすねている。

「塔子もひどいのよ。『人妻だけれど、セフレになりましょう』って連絡してきて、まんまと元さやよ」

「あら、いいじゃない。そのおかげでプロジェクトに協力できたし、寮の食堂にもハーブティーを提供しているんだから、ＷＩＮ‐ＷＩＮでしょう？」

塔子がさらりとかわす。

「確かにそうね。部長からは『商品発売後には主任に昇進内定』って言われたし」

「ほら、やっぱり私ってあげマンよ。ふふっ」

二人が笑いあった時、茂夫の股間に何かが触れた。

（ん、なんだ？）

下を見ると、赤いペディキュアに彩られた足先がぐっとペニスを圧してくるではないか。

「うわっ」

思わず声をあげるが、二人は女子トークで盛りあがっている。

千鶴が一瞬、視線を送ってきた。

(ち、千鶴先輩だ。先輩の足が股間を……塔子さんに内緒で……)

極薄のベージュのストッキングから透ける赤いネイルの爪先が、またも股間を圧してくる。

信じられない思いを抱きつつも、足はさらに力をこめ、勃起がますます硬くなっていく。

(く、くそ……)

千鶴を見ると、素知らぬ顔で塔子とはしゃいでいる。

しだいに大胆になる爪先は、スリスリと上下し始めた。

(あ……くっ)

テーブルの下、茂夫の腰が震えた。

戸惑いつつも、足の動きを追うように腰をせりあげてしまう。

(くっ……気持ちいい)

翻弄されている困惑と快感が振り子のように行き来する。千鶴は器用に、亀頭から肉幹、陰嚢までもを絶妙な力かげんでこすり回し、圧をかけてくる。

(ああ……たまらない)

塔子にバレたら一大事だというスリルも興奮を高めていた。

(……でも、一方的にやられるばかりじゃ、男が廃(すた)る)

しばらく足責めを受けていたが、やがてポケットからリモコンを取りだした。

先ほどと同じ連打のリズムで、振動レベルはマックスだ。

(よーし、仕返しだ)

涼しい顔で塔子と話す千鶴を眺めながら、スイッチをオンにすると、

「ああんっ」

千鶴が体をビクつかせ、一瞬、足の力が緩んだ。

しかし、次の瞬間、爪先が股間を思いきり蹴りあげてきた。

「ぐうっ！」

茂夫も唸り声をあげる。

二人が身をよじってうめく中、塔子だけが呆気にとられたように目をしばたたかせている。

「ねえ、さっきから何なの？　千鶴も……野島クンまで……」

塔子がムッとした声をあげるが、脚を不自然に伸ばしていた千鶴の異変に気づ

いたらしい、

「テーブルの下に何かあるの?」

テーブルクロスをめくった。

(うわ、やめろ!)

万事休すと思った直後、

「何よこれ!」

塔子がテーブルの下に手を伸ばし、何かを拾い上げた。

「これ、千鶴のヒールじゃないの」

塔子は真っ赤なハイヒールを掲げた。

「あ……塔子、ごめんなさい」

千鶴がハイヒールを奪い取るも、なぜかその時クラシック曲が途切れ、ドレスごしの下腹からヴィヴィーンというモーター音が響いてきた。

(マズい、止めなきゃ!)

茂夫が振動を止めようとリモコンをオフにした瞬間、手の汗ですべったリモコンが、床に落ちた。

「あっ」

下を見ると、リモコンは床でバウンドし、あろうことか塔子の足元に転がっていった。

(最悪だ！)

塔子が「あら、なに？」と拾いあげる。

モニターとしてローターを使用したであろう塔子は、それが何であるか、すぐに理解したようだ。

「アナタたち……」

千鶴と茂夫を交互ににらみつけ、声を震わせた。

「やっぱり、そうだったのね。変だと思ったのよ」

塔子は何もかも理解したように、声をすごませた。

「私に隠れて二人でお楽しみってこと⁉　馬鹿にしないで！」

塔子は両手でテーブルをバンと叩いた。

——しばしの間があった。

「塔子、違うの！」

千鶴は大仰に叫んだ。

「何が違うのよ？」

「今日は最上階のスイートルームを取っているの。塔子に久しぶりに抱かれたくて……」

「はぁ？　野島クンと陰でイチャついていて、意味不明なこと言わないで！」

「違うわ……野島クンは単なる前座！　塔子にバレること前提でイケないコトして、お仕置きされたかったの。私の性格、塔子ならわかるでしょう？」

千鶴は甘い声で囁く。

（えっ、前座？）

茂夫は凍りついた。

千鶴は塔子を見つめ、笑みを深める。

「前に言ってたじゃない『女同士でエッチしたあと、どうしてもペニスが欲しくなるから3Pに興味がある』って。野島クンのモノ、けっこういい仕事するのよ。だから……」

千鶴の言葉に、一度はしぼみかけた茂夫の股間が再びいきり立つ。

（3P……しかも、レズビアンのあとって……）

千鶴のもくろみに納得したのか、塔子も安堵の表情に戻る。

「なんだ、そういうことなら最初から言ってよ。てっきり、野島クンといい仲になったかと疑ったじゃないの」

「味見はしたけど、それはあくまでも塔子との３Ｐのためよ……」

茂夫の前で二人はチュッと唇を合わせた。

（うわ、美女のキス……）

初めて見る女同士の生キスに、ドギマギする茂夫だった。

複雑な思いに駆られながらも、ペニスは硬さを保ったままだ。

こんな美女二人と３Ｐとは、まさに千載一遇、いや万載一遇といっても過言ではない。

（それにしても、千鶴先輩は策士だな）

塔子に内緒でリモートプレイを楽しんでいると思ったら、３Ｐにもつれこませようとは……。

茂夫が鼻の下を伸ばしていると、千鶴はキスを解き、

「そうだ、塔子！　野島クンが片思いしている後輩が塔子のファンなの。協力してあげて」

「えっ」

茂夫と塔子が同時に声をあげる。

「野島クンも、協力してほしいわよね？」

千鶴は賛同を促してきた。

「あ……はい……」

茂夫も思わずうなずいてしまう。

「千鶴、わかったわ。協力してあげるけど、その前に……」

塔子はリモコンを手に取った。

何が行われるかは、明白だ。塔子がスイッチをオンにしたのだ。

「あぁ……ああんっ！」

千鶴が肩を震わせ、塔子の肩にしなだれかかった。

「ふふ、ヴィーンヴィーンって聞こえるわ。ワルツのリズムから……8ビート、次は16ビートよ」

嬉々として操作する塔子の横では、

「ひくっ……はううっ」

千鶴が下腹を押さえ、ビクンビクンと上体をのたうたせている。

「ふふ、いい表情よ。このマゾの色情魔！」

塔子はミネラルウォーターの注がれたグラスから一片の氷を取り、千鶴のドレスの胸元の中に放った。

「ひゃあっ！」

千鶴が嬌声をあげる。

茂夫も、思わず一緒に「うっ」と呻いてしまう。氷の冷たさが、なぜか股間をかすめた気がした。

黒服が歩み寄ってきたが、塔子は「大丈夫、少し酔っただけで、すぐに静かにさせますから」と制した。

「さあ、次はどうしようかしら……野島クンとのロータープレイで、アソコはもうグチュグチュじゃないの？」

塔子はこれ見よがしにリモコンを見せつけ、スイッチを切り替えていく。

「あううっ……はくうっ」

身悶える千鶴を前に、依然、茂夫の股間はいきり立ったままだ。

「もう……部屋に行きたいわ……お願い……」

千鶴は全身を紅潮させて、懇願した。少し考えた塔子だったが、

「野島クンは問題ない？」

「えっと……は、はい……」

ズボンを突きあげる勃起を気にしながら、うなずいた。

「じゃあ、このまま客室に行きましょう。振動は最小限にしてあげる」

「あ……ああン」

千鶴の声のトーンが和らいだ。

「野島クンも行くわよ。私たちの荷物を持ってちょうだい」

「は、はい……ッ」

茂夫は二人の椅子の脇にあるバッグを抱えた。

塔子は足をよろめかせる千鶴の腰を抱き、エントランスへと歩いていく。

(まったく……どうなるんだ……？)

美女二人の後ろ姿を見ながら、茂夫はこのあと行われるであろう淫靡なプレイに小鼻を膨らませた。

4

「ステキな部屋じゃないの」

六十階のスイートルームに入るなり、塔子がはしゃいだ声をあげた。

茂夫も足を踏み入れる。

ローターが入ったままの千鶴は全身汗だくで、肩を上下させて呼吸を乱している。しかし、見方によっては恍惚に包まれている感じも否めない。

ふかふかの絨毯が敷かれた洋室は、二間続きになっており、ゴージャスなソファーセットやダイニングテーブル、キングサイズのベッドがダウンライトに照らされていた。

窓の向こうには、きらめく夜景が美しい。

レインボーブリッジやお台場、羽田空港に離着陸する飛行機も見える最高のロケーションだ。

(このスイートルームで、二人と……)

茂夫の胸が高鳴ってくる。

「せっかくだからドレスを脱ぎましょうか？　スイッチは切るわ」

塔子が提案すると、

「はあ……ＯＫよ、私も汗だくで早く脱ぎたかったの」

呼吸を荒らげながらも快諾した。

あたふたする茂夫の前で、二人はヒップをくねらせてドレスを脱ぎさり、またたく間に下着姿となった。

(嘘だろ……いきなり)

驚きつつも、二人の下着姿に見入ってしまう。

塔子はドレスと同じ黒いレースのブラジャーとハイレグパンティで、千鶴にいたっては、ブラカップ付きのドレスらしい、赤のTバック一枚だ。

塔子がまぶしそうに千鶴を見つめた。

「あら、千鶴の赤いTバック、素敵じゃないの。それに相変わらずいやらしいオッパイね」

千鶴はその言葉に気をよくしたのか、

「Tバックはびしょ濡れよ……ローターがツルンと落ちちゃいそう……」

そう恥じ入ってみせる。

「塔子もブラックレースが世界一似合うわ。早く抱いてほしい」

はにかむように、太ももをもじつかせた。

茂夫がソファーに荷物を置いて、見入っていた時、

「野島クンも脱ぐのよ」

塔子がぴしゃりと言ってきた。

「えっ?」

「どうせアソコをおっ勃ててるんでしょう?」

歩み寄るなり、茂夫の股間に手を伸ばしてきた。

腰を引くのが一瞬だけ遅れた。塔子はイチモツをしかと握る。

「あうっ」

「ビンゴね。けっこういいモノ持ってるじゃない。さあ、早く脱ぐのよ」

ズボンごしに、勃起をスリスリしごいてきた。

「うっ……わかりました」

茂夫が叫ぶと、塔子は勃起から手を離し、微笑を深めた。

「ズボンの上からでも、カリの段差が見事だったわ。早く色つやを見せて」

「は、はい……」

素直に従ってしまう。美女を屈服したい一方で、翻弄される快感が、男には備わっているのかもしれない。

上半身裸になり、ズボンを下着ごとおろした時、トランクスに勃起が引っかかった。

「いててっ」

慌てて股間を押さえる茂夫を見て、塔子は吹きだしている。

しかし全裸になり、ペニスが勢いよく跳ねあがると、目をみはった。

「まあ、じかに見ると、かなり立派だわ。カリが張って生意気そうなのに、初々しいピンク色」

「でしょう？ 塔子」

千鶴もうっとりと目を細める。

「では、プロジェクトの功労者として、私がリードするわ。千鶴はベッドで野島クンのモノをしゃぶりなさい」

ベッド脇に立った塔子が、有無を言わさず命令をくだす。

（おおっ、いきなりフェラとは）

塔子に促され、三人はベッドルームへと向かう。

「野島クンは仰向けに寝て」

「は、はい……」

塔子に命じられながら、つい鼻の下を伸ばしてしまう。喜んでまな板の上の鯉になってやろう。

茂夫はスプリングの効いたベッドに仰臥した。

二人の視線が突き刺さり、勃起が天を衝くように唸りをあげている。

（こ、これ……本当に喜んでいいんだよな？）

ドギマギしても、イチモツはますます猛り立つばかりだ。

「失礼するわね」

千鶴は、ベッドに仰向けになった茂夫の股間に這いつくばった。

汗ばむ右手で勃起を握り、「あ……ン、硬い」と頬を上気させた。

「ふふ、多目的トイレでのエッチが懐かしいわ」

声もいつしか甘さを含んでいる。股間に顔を近づけ、濡れた唇を開くと、パクッと口に含んだ。

「う……っ」

温かな口腔粘膜が肉棒を包みこんでくる。

すぐさま舌が絡みつき、カリのくびれをぐるりと一周した。

「ン……前より大きい感じがするわ」

千鶴は肉棒を吸いたて、舌を躍らせる。

裏スジをこそげるようにねぶり、左手で陰嚢を揉みしめる。

「う……千鶴先輩……くう」

茂夫がこらえきれず唸っていると、塔子は、

「まったく……千鶴は相変わらずマゾね。オマ×コ濡らして、男のモノをずっぽり咥えて、この変態の色情魔！」

塔子が言い放つ。その声にボルテージがあがったのか、千鶴は甘く鼻を鳴らしながら、蛇のように舌をまとわりつかせ、ペニスをしゃぶり立ててくる。

「せっかくだから、私も千鶴の変態マ×コを味見してあげるわ」

塔子は千鶴の後ろで四つん這いになると、尻たぼに両手を添え、ワレメに顔を近づけた。

クチュ……クチュ……ッ。

「ああっ……ぁんっ」

千鶴は尻に食いこむTバックをずらされ、背後からワレメを舐められている。その愉悦を訴えるように情熱的なフェラチオを浴びせてくる。

「千鶴ったらぐっしょりよ。ローターを入れたままフェラして、私にアソコを舐められて……どこまでも恥ずかしいメス犬ね」

塔子はクンニリングスをしつつ、容赦ない言葉責めをする。

「あん……やだ……」

「ビラビラが真っ赤に膨らんでるわ。この分厚いビラビラ、野島クンにもたっぷり舐められたんでしょう？」

「ン……ンンッ」

千鶴は切なげに喘ぐが、興奮に拍車がかかったようだ。

茂夫自身も千鶴とのリモートオナニーや多目的トイレでのセックスを思い出していた。あの鮮烈な赤い粘膜を塔子に嬲(なぶ)られていると思うと、興奮が倍増し、ペニスが肥え太っていく。

（うう、たまらない）

カリのくびれと裏スジの交差する部分を執拗に責められ、背筋がそそけ立つほど心地いい。熱い痺れがいくども尿管に押しよせるが、ここで暴発してなるものかと必死にこらえた。

ベッドルームには三人の喘ぎと性器を舐める唾音が響きわたる。

（凄いぞ……）

息を荒らげながら、茂夫は夜景がきらめくガラス窓に視線を向けた。

ガラスには、仰向けになった茂夫のペニスを頬張る千鶴、その後ろで千鶴のワレメを舐める塔子が映っている。

グラマラスな千鶴とスリムな塔子——その先頭に自分がいる現実に、頭が沸騰しそうになる。

（これって……本当に３Ｐだよな）

ＡＶでしか見たことのない夢の光景を、今自分が体験している。

その事実に、さらなる興奮と欲望がこみあげてきた。まさに一生分のツキを使ってしまったのではないかと思うほどの昂ぶりが押しよせてくる。

しばらくすると、

「ねえ、バトンタッチよ。次は野島クンが私のアソコを舐めて」

塔子が立ちあがった。

「えっ」

茂夫の驚きなどどこ吹く風、塔子は素早くブラジャーとパンティを脱いだ。

（おお、塔子さんが裸に……）

茂夫は裸身に見入った。

スレンダーなボディは、推定Ｃカップの乳房が形よく盛りあがり、薄桃色の乳首がツンと勃っている。華奢な腰から続く尻は豊かに張りだし、手入れの行き届いた薄い恥毛がワレメを覆っていた。肌は抜けるように白く、汗が光る体からは甘い香りが漂ってくる。

「野島クン、座るわよ」

塔子は長い脚で茂夫の顔をまたぐと、ヘッドボードを背にした体勢で、尻を落としてきた。

「あうっ」

いきなり顔面騎乗をされ、ヴァギナを見る暇もない。

「私も、我慢できなかったの……」

言いながら、女陰をぐいぐい押しつけてくる。瞬く間に茂夫の顔面は、甘酸っぱい女の粘膜に覆われる。

「あうっ、ふがっ」

茂夫は慌てて両手で尻を支えたが、舌は反射的にワレメをねぶっていた。

ほのかな酸味とえぐみのある粘膜が、ねっとり舌に絡みつく。サワークリームにも似た味が、口いっぱいに広がった。

「そうそう、この髭がチクチクする感覚よ。すっかり忘れてたわ……女同士じゃ絶対味わえないもの」

塔子は嬉々として尻を揺すった。

茂夫は贅沢な苦しさだと言い聞かせながらも、顔をずらして呼吸する手段を確保する。

「あん……なかなかクンニも上手よ。もっと、欲しいわ」

塔子がなおもヒップをくねらせていると、

「塔子ばかりずるい。私もアソコに欲しいわ」

千鶴が勃起を吐きだしたのがわかった。

ひんやりした冷気がペニスに触れるが、すぐさまヌルヌルッと、温かな感触に包まれる。

「おうう……ッ」

「ふふ、ローターを抜いてTバックの脇から入れちゃった。塔子と向き合って野島クンをシェアなんて、最高のシチュエーションね」

千鶴は、騎乗位で挿入してきたのだ。

口内粘膜とは違う、柔らかにぬめる感触が男根を押し揉んでくる。

（ああ……顔面騎乗と同時に騎乗位だなんて……）

かろうじて呼吸をしながらも、舌はワレメをねぶり回していた。熱い膣の中で、先走り汁がドクンと噴きだした。「男をシェアする」という言葉をリアルに感じる。

「塔子、キスして」

「ええ……千鶴」

二人が身を寄せ合うのが、尻の重みの移動でわかった。

その瞬間を狙い、横を向いた茂夫は、塔子の尻を支えながらガラスに映る二人に見入る。

（ああ……これがレズ……なんてキレイでいやらしい）

美女二人は、前かがみになって唇を押しつけている。熱い吐息をぶつけ合い、貪るように唇をついばんでは舌を絡ませている。

接吻のみならず、二人の魅惑的なボディラインや揺れる乳房もばっちり拝むことができた。

玩具にされながらも、ペニスはますます漲っていく。

塔子が手を伸ばし、千鶴の乳房をすくいあげる。やわやわと揉みしだき、乳首を摘まんだ。

「あん……千鶴のオッパイ柔らかい。乳首もピンピンよ」

千鶴もペニスをハメこんだまま、塔子の乳肌に手を伸ばす。乳首をキュッとひ

ねり、

「塔子の乳首もすごく硬いわ」

甘い声で囁いた。

（おお、二人が俺の上で乳繰りあってる……！）

美女たちの淫らな愛撫をひとしきり楽しむと、再び、茂夫は顔の位置を戻し、ワレメに舌を這わせた。

「あ……野島クンの舌……気持ちいいわ。クンニされながら千鶴とキスできるなんて最高」

塔子がつぶやくと、千鶴も、

「私もオチ×チンをハメたまま、塔子と愛し合えて嬉しい」

声を震わせた。

茂夫の顔面はラブジュースにまみれていた。噴きこぼれる愛液を、必死に呑みくだす。甘酸っぱい蜜汁はさらに濃厚になり、あふれた粘着液がシーツにしたたっていく。

「千鶴……私もペニスが欲しい。交代して」

塔子が悩まし気に告げると、

「あん……もう少しだけ待って」

千鶴は肉棒は渡さないと言わんばかりに、腰を揺らす。根元までみっちり食らいこんだ女膣が、うねうねとざわめいた。

「くうっ……ああ」

玩具同然にされている茂夫が、たまらず呻くと、

「野島クン、情けない声を出しちゃダメ。今夜は朝まで付き合うのよ」

「ええっ……朝まで……?」

「その代わり、ダブルフェラなんてどう?」

塔子が嬉々として提案した。

(えっ、ダブルフェラ?)

驚きに舌の動きを止めた。夢にまで見たダブルフェラだ。

「ふふっ、一度してみたかったの。千鶴の可愛いオマ×コも好きだけど、久しぶりに男のモノも舐めたくて……」

塔子は尻を浮かせた。

今の今まで舐めていた女陰があらわになる。充血した花弁が膨らみ、朱赤の粘膜が顔を出した。

塔子は千鶴の返事を待たずに立ちあがり、茂夫の右側に移動する。

「千鶴はどうするの？」

塔子に訊かれ、

「いいわ。塔子の言うとおりする」

千鶴も結合を解き、左側に身を寄せる。

茂夫が興奮に小鼻を膨らませた時には、股間を挟み右に塔子、左に千鶴が並んでいた。

勃起ごしの美女二人——まさにパラダイスだ。

「野島クン、千鶴と私のダブルフェラよ。よーく見てて」

「は、はい！」

鼻息を荒らげて二人を見つめた。

ペニスは千鶴の愛液でいやらしくてらつき、鋭角にそそり立っている。

「じゃあ千鶴、下から一緒に舐めるわよ」

「ええ」

レロレロ……ッ！

二人の舌が根元から肉幹をねぶりあげた。

「おっ……おお！」

凄まじい快美感に、茂夫は腰をビクつかせる。

「もう一度ね、せーの」

再び塔子の号令で、二人の舌が裏スジや肉幹を舐めあげる。

（ううう……天国だ）

茂夫はこの光景を、決して見逃すまいと目を凝らす。

やがて二人は根元に手を添え、交互に肉棒を咥え始めた。

唇をOの字に広げ、亀頭からズブズブと根元まで呑みこんでは、舌を絡めて吸い立てる。

ジュブッ、ジュボボ……ッ。

塔子はカリのくびれや尿道口をこそげるように細部まで舌先でねぶり、吸引は優しい。

対して、千鶴は舌をねっとりと絡めて、吸引する力は強い。おそらく、自分自身がされたい力加減なのだろう。

特にマゾ気質の千鶴は、激しい刺激を求めているのだ。

「くう……お二人の舐め方が微妙に違って最高です」

茂夫は巧みなダブルフェラに、感極まったように叫んだ。

すると、塔子は陰嚢も手のひらで包み、やわやわと捏ね始める。

それを見た千鶴は、左手で包皮を剝きおろし、ピンと張った敏感な裏スジにも舌を這わせてきた。

「あ……ああ……ううっ」

茂夫は耐えきれず、いくども唸りをあげる。

「ハア……硬い」

「カリがこんなに張ってるわ」

塔子と千鶴はうっとりと言う。

(ああ、ずっと舐められていたい……脳みそが溶けそうに気持ちいい)

思わずギュッと目を閉じてしまいそうになるが、落ちかかるまぶたを持ちあげた。

美女たちが競うようにイチモツをねぶる光景は圧巻だ。

二人は汗ばむ頰を寄せ合い、唾液をまぶし、舌をまとわりつかせる。

もつれあう二枚の舌が、舞いおどるように献身的な愛撫を浴びせ続ける。摩擦が強まり、あふれる唾液が陰嚢を濡らしていく。

ともすれば、体中の血管が切れてしまうほどの悦楽に包まれていた。

(耐えるんだ、絶対に射精はダメだぞ!)

そのうち、肉幹を握った塔子が、陰嚢を口に含んだ。

(おおっ)

口の中でクチュクチュと転がされる。

「あっ……塔子さん……くっ」

それを見た千鶴は、「タマは任せたわ」と言わんばかりに、亀頭からずっぽり頰張ったペニスを、顔を左右に振りながら、吸いあげてきた。

「あん……美味しいわ……男の肉の味……」

塔子が甘やかに囁いた。千鶴も、

「ますますカリが膨らんできた。凄いわ、野島クン……」

言いながら、舌でカリのくびれをぐるりと一周させる。

室内は唾液と汗の匂いが充満していた。

塔子は最初こそ片方ずつ睾丸を吸い転がしていたが、やがて大口を開けて二つ同時に頰張ってきた。

「あう……はああ」

茂夫は熱に浮かされたような声をあげるばかりだ。

（この世に、こんな気持ちいいことがあったとは……）

昂ぶりが増したのか、千鶴は乳房をせりあげ、亀頭に乳首を押しつけてきた。

「ああ……オッパイが気持ちいい……」

柔らかな膨らみが真っ赤な亀頭を圧し、唾液にすべっていく。

コリコリしたピンクの乳首が亀頭に圧され、ひしゃげている。

「もう、千鶴ったらエッチなんだから」

それを見た塔子は、陰嚢を舐めながら茂夫の右脚をまたぎ、向う脛に股間をぐっと押しつけてきた。

「あん……いいわ」

塔子はクリトリスをこすりつけながら、くぐもった声をあげる。

（うう……塔子さんまで、なんてエロイんだ）

脛に媚肉と恥骨が当たっている。

（AV以上だ。３Pがこんなに興奮するなんて……）

そのうち、千鶴は唇から唾液をツツーと亀頭に垂らした。絹糸のように光る唾液が尿道口に落ちると、再び乳房を密着させ、唾液ですべらせてくる。先走り汁も相まって、粘着液でいっそう乳房が濡れ光っていた。

「そろそろ、太いのが欲しいわ」

どれくらい経っただろう。

塔子は股間から顔をあげ、夜景が見える窓に向かって四つん這いになった。

「そうね、私もバックから欲しい」

千鶴も並んで尻を突きだし、獣のポーズをとる。

（おお、うそだろ……）

またも茂夫の前に絶景が広がった。

夜景ごしに並ぶふたつの豊満な尻。スレンダーな塔子も尻は女性らしく左右に張り出し、キュッと引き締まっている。グラマラスな千鶴は丸々としたヒップで食べごろの桃を思わせた。ふたりともワレメからはねっとりと蜜液を滲ませている。

真っ赤に充血した二人の秘唇が、早く入れてとねだるようにヒクついている。

ごくり――茂夫は生唾を呑んだ。

（ダブルフェラに加えて、鶯（うぐいす）の谷渡りか……）

ベッドから床におりて、並んだ尻の背後につく。

「ど、どちらから入れましょうか？」

念のため訊くと、塔子が、

「私からお願いよ。公平に一人二十回の抜き差しをしてね」

「に、二十回……わかりました……」

千鶴も異論は無いようで、四つん這いのまま構えている。

(慣れてるな。もしかして3Pは初めてじゃないのかも)

そう思うと、俄然これまでの相手には負けられない思いがこみあげてきた。

茂夫はペニスを塔子のワレメにあてがい、両手で尻を引きよせる。腹に力を入れると、ひと思いに腰を送りこんだ。

ズブッ、ズブブ……ッ！

「はううっ」

塔子が大きく身をのけ反らせる。夜景ごしのガラス窓には、歓喜に歪む美貌がありありと映しだされていた。

(くっ、熱い……きつい)

女襞がひたひたと吸いついてくる。それに抗うべく、茂夫は弾みをつけて腰を前後させた。

「一、二、三……ああん」

塔子がカウントをするたび、膣が締まっていく。

「はあッ、野島クンのペニス……カリ太でアソコをぐりぐり責めてくる……すごいわ」

塔子は恍惚に身を震わせた。

茂夫の男根も柔肉に圧し揉まれ、凄まじい快感が背中に走りぬける。徐々にスピードアップしていくと、律動に合わせて、塔子も腰を前後させてきた。

「ああっ……最高よ！」

二十回突いて抜き、今度は千鶴の背後についた。

リアルでもリモートでもセックスした千鶴だが、今回ばかりは状況が違う。

ヒップを引きよせ、愛液まみれのペニスを勢いよく叩きこんだ。

ヌルヌル……ッ！

男根はいとも簡単に千鶴の女陰も割り裂いた。

「はあ、奥まで入ってる……内臓が飛び出そう！」

ロングヘアを振り乱した千鶴が身を波打たせた。

二人とも抜群の締まりだが、微妙に違う。

塔子はやや硬めの締めつけだが、千鶴はねっとり柔らかく包みこむような感触だ。

(まさに天は二物を与えたな。二人とも極上のオマ×コだ)

茂夫はいっそう奮起して腰を穿つ。が、暴発せずに一人二十回の抜き差しをするのは、至難の業だった。

「ああんっ……一、二、三、四……ッ」

千鶴も喘ぎ交じりにカウントしていく。膣肉がペニスを食いしめ、穿つごとに収縮が強まっていく。

(もう少しだ。もう少しで、二十回だ)

茂夫はラストの胴突きをすると、再び塔子の背後から、秘口を貫いた。先ほどよりもまったりととろけた女肉が、茂夫の肉棒を迎え入れる。

「一、二、三……ううっ」

今度は茂夫も腹の底から声を出しカウントした。すると、

「ねえ……もっと角度や速度も工夫して」

塔子の檄が飛んできた。

アダルトグッズで性感が研ぎ澄まされたうえ、レズビアンならではの繊細な

セックスに慣れているのだろう。単調な動きに不満を抱いたようだ。

「わ、わかりました！」

まずは速度だ。ズブリと貫いたペニスをゆっくり引きぬいていく。

「はあ、いいわ……カリの逆なでが最高」

塔子が鼻にかかった声を出す。次いで角度だ。ひざを曲げ下側から斜め上に腰をしゃくりあげた。

「あん、さっきよりも断然感じるわ。ステキ……七、八、九……ッ！」

千鶴と同様に、膣肉の締めつけと、女襞のうねりがしだいに強まっていく。

苛烈な刺激がペニスを包み、カウントすることすら困難になっていく。

それでも、必死で穿ちまくった。あふれる蜜は圧倒的に塔子のほうが多く、粘着力もある。

歓喜に身もだえ、四肢を震わせる塔子を、深度と角度、速度を駆使して貫いていく。

「……十八、十九、二十ッ！」

塔子のご機嫌を取ったところで、再び千鶴だ。

濡れ肉を焦らすように、ゆっくりペニスを沈ませていく。

「あ、ああっ……」

ガラスには頬を引きつらせた千鶴の表情はもちろん、揺れる乳房も映しだされている。

律動のたび、女肉はキュッとペニスにまとわりついてくる。

ジュブッ……ズブブ……ッ！

「ああっ……いいわ、野島クンのオチ×チン……いいっ！」

四肢を震わせる千鶴の女穴を、オスの本能のままにえぐりたてる。息が上がるほど、渾身のストロークを浴びせていく。

（感動だ……美女二人の鶯の谷渡り）

茂夫は盛りのついた獣さながらに、交互に打ちこんだ。

二人の媚肉は、熟した果実のごとくねっとりと充血し、茂夫は呼吸もまばたきも忘れて、肉の悦びに溺れた。

「あぁん、二十回じゃ蛇の生殺しよ……もっと、もっと欲しいの」

千鶴はぶるぶると腰を震わせ、みずからヒップを振りたててきた。

ギシギシとベッドがきしみ、スプリングが弾んだ。

「やだ、私……イキそう……ダメよ、イク……イッチャうッ！」

ひときわ大声で叫んだ千鶴は、大きくたわめた全身をガクガクと痙攣させた。膣が緊縮した。その苛烈な締めつけに、茂夫の下腹で爆ぜる感覚があった。

「ぼ、僕もイキますッ！」

直後、千鶴の膣奥で茂夫はザーメンをしぶかせる。

ドクン、ドクン、ドクン――。

「おうぅううっ」

最後の一滴まで噴射すると、千鶴はベッドに崩れ落ちた。

（千鶴先輩……イッたのか？）

ペニスを引きぬいた茂夫が見ると、千鶴は「もう……ダメ」とうわごとのように囁き、微動だにしない。

塔子も横からのぞきこむ。

「あーあ、派手にイッたわね。千鶴はしばらく起きないわよ。すっかり感じやすくなったのかしら……。さ、次は私の番ね」

そう言い、茂夫の腕を摑んできた。

「えっ」

茂夫がティッシュを探していると、塔子は身をかがめ、しぼんだペニスに手を伸ばしてきた。

気づいた時には、パクリと咥えられていた。

舌先がネロリと絡みつく。

（あっ……お掃除フェラ……）

明代にもされたことを思い出す。

（すごい……塔子さんもしてくれるなんて……）

感動しきりの茂夫を尻目に、塔子は厭うことなくクチュクチュと唾音を響かせ、ペニスを清めてくる。

「あう……と、塔子さん……」

膣とは違う口内粘膜の心地よさに包まれた。加えて、予想外のお掃除フェラは、新鮮な刺激をもたらしてくれた。

（うう……気持ちいい……ああっ）

放出したばかりなのに、ペニスはムクムクと漲っていく。茂夫は塔子の後頭部を撫でながら、股間をせりあげてしまった。

「ああ……もうこんなに硬くなってきた」

フル勃起状態になるまで一分とかからなかった。

「若いって素晴らしいわ」

喜びをあらわにする塔子は茂夫を見上げ、微笑を浮かべる。

頬を赤らめ、唾液にぬめる唇がたまらなくセクシーだ。

「そうだ、キスはまだだったわね」

塔子の顔が近づいたと思ったら、柔らかな唇が重なってきた。

歯列を割って舌を差し入れられると、茂夫も反射的に舌を絡める。

「あん……野島クンて、あんがい悪い男かも……でも、嫌いじゃないわ」

不思議とザーメンの味はしない。それ以上に、千鶴を絶頂に導き、塔子と濃厚なキスをしている事実に、色欲がそそられていた。

「ねえ……今度は私と……」

塔子は仰向けになった。

射るような熱い眼差しが「入れて」と言っていた。

「あ、大丈夫よ。私のファンだって言う後輩との恋は協力するわ。あとで相談しましょう」

ふと、杏奈の笑顔が脳裏をかすめた。そう、杏奈には心底惚れている。

(だけど……今は……)

茂夫は見えない鎖にいざなわれるように、塔子の両脚の間に身を置いた。

微笑を向ける塔子と見つめあいながら、茂夫はそそり立つペニスを支え持ち、ヴァギナに押し当てる。

「行きますよ」

一気に腰を叩きこんだ。

塔子の細い体が激しくたわむ。

バックからとは違う角度に、幾千ものヒダが男根を圧し包んできた。

「ううっ」

茂夫は唸りながら、腰を穿ちまくる。柔らかな熟れ肉がペニスに割り裂かれ、えぐられていく。

「はあっ……いいッ……奥まで届いてる！」

塔子は茂夫の太ももを強くつかんできた。

エキゾチックな美貌を婀娜っぽいほど朱に染め、瞳を妖艶に潤ませる。艶やかなショートの髪を乱し、半開きになった唇のあわいから、くぐもった声を発している。

「うぅ、塔子さん……キツイ」

奥歯を嚙みしめながら、茂夫は塔子のひざ裏を引きよせ、立て続けに連打を見舞った。

パンッ、パンッ、パンッ！

打擲音が高らかに響き、それ以上の音量で二人の喘ぎが共鳴した。

結合部からは熱い痺れとともに、透明な汁が飛び散っている。汗の匂いと性臭が濃厚に立ちのぼる。

「んんっ……野島クンのカリが目いっぱいアソコを広げてくる!!」

塔子は白い歯をこぼしながら、茂夫の太ももに爪を立てた。

「はあっ……塔子さんのビラビラがサオに絡んでたまりません」

茂夫も胴突きをしながら、叫んでいた。

貫くほどに、塔子の媚肉は赤く充血し、クリトリスが尖り立つ。

「ああっ……裂ける……裂けちゃうッ！」

男根を叩きこむごとに、肉がえぐれ、溶けていく。

その時だった。

横たわっていた千鶴がむくりと起きあがった。

ダウンライトに照らされた目はとろりと鈍い光を宿し、いまだ恍惚を引きずっているかに見える。

「千鶴……」

塔子が、名を呼んだ時、

「私も交ぜて……」

千鶴の手が結合部に伸びてきた。

「うっ」

「ああっ」

茂夫と塔子が同時に叫ぶ。塔子の顔を見ながら、千鶴は薄笑みを浮かべた。

「塔子ったら本当にエゲツないんだから……こんなに濡らして……」

言いながら、塔子と繋がった部分をヌルヌルと撫でまわしてくる。

「あ……いや……ッ」

塔子の抵抗に反して、千鶴は結合部を触ったまま腰を屈め、塔子の乳首を口に含んだ。

（おお……）

そのとたん、茂夫の中で何かがはじけた。

茂夫はとっさに塔子のひざを抱えなおす。

「塔子さん、まだまだですよ！」

丹田に力をこめ、リズミカルに乱打していく。

「はあっ……野島クン……千鶴」

塔子はもう一度叫ぶが、顔をあげた千鶴は、

「塔子、クリちゃんを触ってあげるわ。すごく大きく膨らんでるわよ。ふふっ」

ワレメの上で尖るクリトリスを摘まんだ。

「あん……あう」

塔子は快楽を訴えるように、茂夫の太ももから手を離し、シーツをがりがりと掻きこする。抵抗したいプライドと、それを許さぬ本能がせめぎ合っているかに思えた。

ペニスを締めつける女肉にも変化があった。

（おおっ、塔子さんの中……きゅうきゅう言ってる）

茂夫が息を呑む。

（す、すごい！）

膣肉が生き物のようにざわざわとうねり、肉棒の形状通りに伸縮していくのだ。

「と、塔子さん……こっちもすごい……きゅうきゅう言ってます。ああっ……」

かつてないほどの緊縮と弛緩がペニスを圧迫してくる。が、それに対抗するべく、茂夫は続けざまにストロークを穿ちまくった。

「ひっ……はあああっ」

塔子は顔をくしゃくしゃにして嬌声をあげるが、千鶴は立場が逆転したかのように、執拗にクリをひねりつぶす。

「ふふ、朝まで楽しみましょうね……ほーら、丸剝けのクリちゃんがもっと硬くなってきた」

「ああ……だめっ……いやあっ」

「大丈夫よ。塔子にはもっと気持ちよくなって欲しいの。野島クンのおチ×ポ、すごくいいでしょう?」

「あ……ン……くううっ」

塔子が叫ぶと腹に力が入り、膣の締めつけがさらに強まった。

噴き出す愛液が、行きかうペニスをさらに勢いづかせてくる。一打ちごとに、塔子はヨガリ泣き、首筋に筋を浮き立たせた。

「ああっ……何か変よ、お腹がはじけそう!」

塔子の膣奥が、膨張するのがわかった。

千鶴も加わったせいか、結合部はいっそう熱くただれていた。茂夫は息を荒らげながら、激しいピストンを浴びせていく。

「むううっ、むむっ」

「いやぁ……何か出そう……ダメッ、ダメッ……いやあぁーーっ！」

首を左右に振り、半狂乱で叫ぶ塔子を見ながら、最奥まで肉の鉄槌を叩きこむ。引きぬく際はカリのくびれでGスポットを逆なでし、猛打を見舞っていく。

えげつないほどの貪欲さで、女体をえぐりたてた。

甘いエクスタシーの波が、茂夫にじりじりと迫っていた。

「いやああっ、ダメよ……イクぅ……くううっ！」

塔子が叫ぶ。

「ぼ……僕もイキます！」

茂夫がペニスを引きぬいた直後、透明な汁がブシュッとしぶきあがった。

（おおっ、も、もしかして……潮か？　塔子さんが潮吹きを……！）

ピュッ、ピュッ……ピュピュ……ッ！

「いやあああっ……いやあああっ！」

塔子は驚愕交じりの声を放ちながら、水鉄砲のごとく潮を噴きあげる。

「おおう、おぉおおっ!」

時を同じくして、茂夫もしぶいた。塔子の肌を汚すように、濃厚な男汁を勢いよく吐きだした。

第六章　憧れの後輩と

1

「いやあ、よくやってくれた！　みんなからも原千鶴さんと野島茂夫くんに、改めて拍手！」

久々の出社日の朝礼。

茂夫は千鶴とともに、社員たちの前に立ち、温かな拍手を受けていた。

アダルトグッズの商品完成にともない、部長からの計らいである。

スーツ姿の千鶴は、にこやかに一歩前に出た。

「皆さん、ありがとうございます。今回のアダルトグッズ三商品に関しては、モニターとしてご協力下さった皆さんにも、深く感謝いたします。今後は広報課とともに、様々な媒体で売りこんでいく予定です。そして……野島クン！」

「え……は、はい！」

いきなり名前を呼ばれた茂夫も、一歩踏みだす。

千鶴は茂夫を見ながら、

「今回のプロジェクトでは、アナタ無しではできなかったわ。私の様々なわがままに付き合ってくれて、本当にありがとう。引き続き、販促に向けて頑張りましょう」

思いがけない言葉をかけてきた。

「そ、そんな……こちらこそ、ありがとうございます」

茂夫は恐縮して、頭をさげる。

(様々なわがままって……エッチなリモート会議や公園での実験……あ、３Ｐもかな)

ふしだらなプレイを思い出しながらも、茂夫は千鶴や社員たちに深く一礼した。

「千鶴先輩が貴重なアドバイスを下さったお陰です。改めて、ご協力下さった皆さん、ありがとうございます」

大きな拍手があふれる。その中には同期の高杉や杏奈の姿もあった。

(高杉は喜んでいるだろうな。プロジェクト終了後に千鶴先輩との初デートか)

高杉は口パクで「やったな、サンキュ！」とガッツポーズをとった。

杏奈は浮かない表情をしている。グレーのワンピースのせいか、顔色もどことなく沈んで見える。

(杏奈ちゃん……少し痩せたようだな)

茂夫は気が気でならない。

その時、千鶴が「今日はもう一人、プロジェクトに貢献してくれたサプライズゲストを呼んでいます」と告げた。

(ん、サプライズゲスト……？)

茂夫が小首をかしげていると、ドアが開いた。

「あっ」

塔子だった。

先日のブラックドレスとは打って変わり、上品な藤色のスーツ姿だ。ショートカットに揺れるピアス、元モデルらしい優雅ないで立ちでゆっくりと前に歩いてくる。

「きゃ、三ツ谷塔子さんよ！」

「私、ファンなの」

女子社員たちは皆、高揚した声をあげている。むろん、杏奈も両手を頬に当てて驚きを隠さない。見る間に嬉しさが滲んでいく。

男子社員も「誰だあの美人」「女優か？」とざわついている。

塔子は、千鶴と茂夫の横に並んだ。

甘い香水の匂いが鼻腔をくすぐり、あの夜の濃密なセックスが思い出される。反応してしまいそうな股間に「鎮まれ」と念じていると、千鶴が塔子の紹介をする。

「ご存じの方も多いですよね。モデル出身の美容家、そして起業家としてもご活躍の三ツ谷塔子さんです」

塔子がエレガントに一礼する。目鼻立ちの整ったエキゾチックないで立ちは、たちまち、社内の空気を華麗に塗りかえた。

千鶴は続けた。

「三ツ谷さんには、アダルトグッズ製作にあたり、多くのモニターを集めてご協力頂きました。そして、当社の寮の食堂には彼女プロデュースのハーブティーを提供下さっています。三ツ谷さん、ひとことお願いします」

千鶴の言葉を受け、塔子は姿勢を正す。

「三ツ谷塔子です。今回は知人の原千鶴さんからのご要望で、微力ながらお手伝いをさせて頂きました。また、商品発売後は知り合いの出版社やメディア関係者、インフルエンサーにも宣伝してもらう手はずが整っていますので、さらに盛りあげていきましょう」

その力強い言葉に、社内はいっそう活気づいた。

(塔子さん……やっぱりすごいオーラだな。皆の反応が圧倒的に違う)

杏奈を見ると、先ほどの暗い顔はどこへやら、すっかり高揚しているのがわかる。

(杏奈ちゃんは塔子さんのファンだから、嬉しいだろうな)

部長もプロジェクトが着々と進んでいることに満足そうだ。塔子や千鶴、茂夫を前に、

「本当にありがとう。これからが勝負だが、皆で一丸となって成功させよう」

そう言いながら、自分のデスクへと戻る。

社員たちも各々の仕事を始めた。

千鶴は来期から主任への昇進が決まっているが、それは改めて発表するとのことだった。

「約束通り、野島クンの恋のキューピッドになるわ」

塔子が茂夫の耳元で囁いてきた。

「えっ」

「ただし途中までね。男なら最後にガツンと決めるのよ」

そこまで言って、塔子はドアのほうに向かう。

十名ほどの女子社員たちが「サインして下さい」「ブログも見ています」と塔子を追っていく。その中には杏奈の姿もあった。

（塔子さんがキューピッドに……どういうふうに？）

茂夫が考えながらデスクにつくと、ＰＣにメールが入った。

見ると高杉からだ。

『プロジェクトお疲れ様。お陰で千鶴先輩をやっと食事に誘える。営業職のプライドにかけて、最高のデートを計画中だ』

茂夫はすぐに返信する。

『よかったな。初デートがうまくいくよう願ってるよ』

送信して、ふと思う。

高杉は十回もアタックしてやっとデートにこぎつけた。しかも、「プロジェクトが終わってから」という千鶴の意向に対して、素直に待ちの体勢に入る。

(やっぱり営業部だな。攻めるべき時はしっかり攻めて、待機の際は辛抱強く待つ……か)

杏奈をどのように誘おうか、どのタイミングがいいのだろうか。

(遠距離恋愛とはいえ、杏奈ちゃんには彼氏がいるし……さっきの塔子さんの言葉も気になる……)

挿入でイケない杏奈に、ネガティブな反応を見せる恋人に嫉妬しつつ、茂夫はその日の業務に集中することにした。

午後十二時半、昼食はどうしようかと廊下に出た茂夫は、カフェコーナーのテーブル席で塔子と杏奈が話しているのを見かけた。

(あっ、杏奈ちゃんが塔子さんと……)

茂夫はとっさにカフェに入り、大鉢に植えられた観葉植物の陰の席に腰をおろす。二人が話す経緯はわからないが、見過ごすことはできなかった。

（本当は盗み聞きなんかしたくないんだけど……）

耳を澄ましました。幸い、二人は茂夫に気づいていない。

「いつもブログを見てくれているなんて嬉しいわ。ありがとう」

塔子が満面の笑みでコーヒーカップに口をつけると、

「いえ……美容情報から恋バナまで、塔子さんのブログは大人気なんですよ。まさか、千鶴先輩のご友人で、こうしてお会いできるなんて……」

杏奈は身を乗りだして、目を潤ませた。

まるで、心酔するアイドルを見るようなまなざしだ。

「先日は夜景の素敵なホテルのお写真をインスタにアップしていましたよね。ブラックのドレスがすごくお似合いで……」

「ああ、四日前のものね」

塔子は微笑を浮かべた。

（うわ、あの時の３Ｐか）

茂夫が聞き耳を立てながら、スマホをクリックする。塔子のインスタを見ると、キングサイズのベッドの脇でワイングラス片手にドレス姿でほほ笑む塔子が映っていた。

（俺が帰った後、千鶴先輩に撮ってもらったんだな）

塔子が潮を吹いた夜だ。結局、茂夫はあのあと解放され、塔子と千鶴二人で宿泊したらしい。

再び、杏奈のうわずった声が聞こえてきた。

「以前、ファッション誌にご夫婦の写真が出ていましたよね。美男美女の素敵なカップルで憧れました。あのお写真もご主人が撮られたのかなって……」

まさか茂夫と千鶴も一緒だったとは微塵も思わないだろう。

「あの日は一人だったのよ。今はリモコン操作でスマホの撮影も可能でしょう？……で、こんなこと言って申し訳ないけど、私たち夫婦はもう終わってるの」

「えっ」

杏奈の顔色が変わった。

茂夫も息を呑む。

「いろんなご縁に恵まれて主人と結婚したけど……夫婦には夫婦にしかわからない事情があるの。あなた、杏奈さんは……いい恋愛をしている？」

塔子は核心を突くような質問を投げかける。

「いい恋愛……ですか？」

「そう、いくら相手を好きでも、自分が不幸になる恋愛をしちゃダメ。そう思わない？」

塔子はまっすぐに杏奈を見据えた。

しばらく黙っていた杏奈が、意を決したように口を開いた。

「実は……今回のアダルトグッズのモニターをしたのですが、私、セックスで中でイケないんです。今は遠距離恋愛の彼がいるんですが、彼はそのことにとても不満を持っていて……」

「膣でイケない女性なんていくらでもいるわ。それで、彼はどう対応したの？一緒に解決法を見つけてくれたり、親身になって考えてくれた？」

「……いいえ、私に寄り添うことなく、『中イキできないのか……』って、不満そうに言うばかりでした」

塔子は表情に不快さを滲ませ、カップを置いた。

「杏奈さんには申し訳ないけど、彼、最低ね」

きっぱりと言い放つ塔子に、茂夫も（うわ、キツイ！）と驚きを隠せない。

杏奈も二の句が継げずにいる。

「彼氏、いくつ？」

「私と同い年の二十三歳です」

「そう、まだ若いわね。でも、人に寄り添おうとする姿勢に年齢は関係ないわ。たぶん……そんな彼から離れない限り、あなたは満たされない不幸な人生を歩むんじゃないかしら」

クールな表情のまま、塔子は静かに言う。

「……はい、私も自分で不幸な恋愛にしがみついていると思います」

杏奈は冷めかけたコーヒーに視線を落とす。

「もっとそばに、あなたを大切にしてくれる人がいるんじゃないの？」

「えっ」

一瞬の間があった。

「あの……私……」

杏奈が言いかけた時、塔子はふっと表情を和らげた。

「杏奈さんが困った時、優しく寄り添ってくれる男性、きっといるはずよ」

そこまで言うと、塔子は「これから約束があるの。そろそろ行くわね」と席を立った。

ひらひらと手を振って去っていく姿を見つめる塔子に、杏奈は慌てて立ちあがり「ありがとうございます！」と会釈する。

茂夫は顔を見られぬよう背を丸めた。

2

午後十時──

茂夫は寮の自室で千鶴とリモート会議をしていた。

塔子と広報課がくれた宣伝用リストを見ながら、それぞれのアプローチ法を考えていた。

先ほどまで仕事だったらしい千鶴は、着替えもせず、スーツ姿のままだ。

主任昇進が決まった今、その表情はさらに輝きが増している。肌ツヤは良く、声に張りもあった。

（千鶴先輩、やっぱり綺麗だな……）

わずかにのぞく胸の谷間に、ジャージの股間が突っ張ってきた。

そんなことはつゆ知らず、千鶴はプリント用紙を見ながら、説明を続ける。

「……で、ファッション誌には、女性用の洒落たバイブとローターを掲載してくれるそうよ。あとは若者以外にも、シニア向け雑誌やＳＮＳね。その他、友人のユーチューバーが協力してくれるそうだけど、エロス関連には広告がつかないから、そこは何とか拝み倒したの」

「さすが先輩、ありがとうございます。僕の同期、営業の高杉は、大学時代の陸上部の仲間に売るって意気込んでいましたよ」

「あら、確か彼、ハンマー投げの選手だったのよね。頼もしいわ」

と、その時、デスクに置いてあったスマホが鳴った。

液晶画面には「羽賀杏奈」の文字が光っている。

(えっ、杏奈ちゃん？)

大事なリモート会議中だ。中断するわけにはいかない。

しかし、このタイミングを逃してしまうと、次は二度とないような気がした。

「せ、先輩……」

「なに？」

「少し席を外してもいいですか？　一時間後にご連絡しますので」

茂夫の真剣な口調に何かを感じたのか、千鶴は「ＯＫ」と快諾する。

すぐさまスマホをタップすると、杏奈と通話がつながった。

「も、もしもし……杏奈ちゃん?」

「野島先輩……急にすみません。大切なお話があるんです。男女の寮の行き来は禁じられていて、門限も過ぎていますが、どうしても直接お話ししたくて……。今からうかがってもいいですか?」

「えっ、今から」

「はい……誰にも見つからないよう、気を付けてうかがいますので……ダメでしょうか?」

「も、もちろん構わないよ」

通話を切ると、すぐさま散らかった部屋を片付けた。

床に放られた洋服を脱衣かごに入れ、雑誌をクローゼットにしまい、ついでに、ルーム用消臭スプレーを撒いた。

コンコン——ノックが鳴った。

深呼吸して気持ちを落ち着ける。笑顔を作り、ドアを開けた。

「いらっしゃい」

部屋の前には、赤いニットのルームウエアを着た杏奈が立っている。ふわふわしたセーターに、ロング丈のスカートだ。

くっきりした二重の目を潤ませ、唇はふっくらと艶めいている。セミロングの髪は内巻きにブローされ、風呂上りなのか、ほんのり甘い石鹸の香りを漂わせていた。

招き入れてから、帰りは大丈夫なのかと心配になる。

「あ、杏奈ちゃん……帰りは……？」

「ご心配なく。ちゃんと部屋に入れるようにしてきましたから」

杏奈は茂夫の真正面に立ち、じっと見つめてきた。

「今、恋人と別れました」

「えっ……あ、あの……」

「今日、気づいたんです。近すぎて見えなかったものが……」

茂夫が言うべき言葉を探していると、杏奈が話し始める。

「それにもうひとつ……以前、誘って頂いたランチ……。あの時は断りましたが、まだ有効でしょうか？」

「……ランチ……？　も、もちろんだよ。一緒に行こう」

茂夫は照れたように笑った。

すると、杏奈は涙交じりの声で「よかった……」と囁いた。

「わざわざそれを言いに……？」

そう言うなり、杏奈は茂夫の胸に飛びこんできた。

「私……野島先輩が好きです……」

細い腕を茂夫の背中に回してきた。

「あ、杏奈ちゃん……」

甘い香りがいっそう濃く香る。

「先輩が私を気にかけて下さっていること、ずっと知っていました。でも……恋人がいたから……でも、今日、塔子さんに言われたんです。『不幸な恋愛をしちゃいけない』って……」

杏奈は声を震わせる。

「そ、そうだったんだ。塔子さんとは、どうして……？」

「ブログです。塔子さんは美容ブログの他に、恋愛のことも書いていて……私がコメントを残したと言ったら『よかったら、話しましょう』と相談に乗ってくれたんです」

「そ、そうか……塔子さんが相談に……」

「それで、『あなたをもっと大切にしてくれる人が、そばにいるんじゃない？』

と言われて、真っ先に野島先輩の顔が思い浮かんだんです」

茂夫を抱きしめる手に、力がこめられた。

茂夫もきつく杏奈を抱きしめ返す。

（ああ、杏奈ちゃんが腕の中にいる……ずっと好きだった杏奈ちゃんが）

信じられない思いに駆られながらも、その腕は彼女の柔らかな体を包みこんでいた。

（あ、胸が……）

豊かな乳房が、茂夫の胸板を押す。甘い香りを胸いっぱい吸いこみ、夢心地のまま抱擁した。

「野島先輩……」

杏奈が顔をあげた。愛らしく整った顔立ちが眼前に迫る。

どちらからともなく、唇を重ねていた。

（……杏奈ちゃんとキスを……なんて柔らかくて温かいんだ）

杏奈はついばむような接吻を浴びせてくる。茂夫もそれに合わせて、唇を吸う。

薄目を開けると、杏奈は長いまつ毛を震わせながら、唇を押しつけていた。

ここで舌を入れていいのかと思った矢先、「ン……」と甘く鼻を鳴らした杏奈が、舌を差し入れてきた。

（う……杏奈ちゃんのほうから……けっこう積極的だな）

そう思いつつ、茂夫も舌を絡ませる。ニチャニチャと唾液の音が響いた。吐息がぶつかり、肌が火照っていく。鼓動がドクドクと高鳴った。

「先輩……抱いてくれませんか」

「えっ」

「先輩なら……ありのままの私を受け止めてくれますよね？」

そう目を潤ませてくる。

「も、もちろん……今のままの杏奈ちゃんが好きなんだ」

抱きしめながら、ベッドに倒れこんだ。セミロングの髪が美しい扇形に広がる。目をつむったままの杏奈に体重をかけぬよう覆いかぶさり、優しく耳もとに息を吹きかける。

「あ……はあ……」

これまでずっとコンプレックスを抱いてきた彼女に、最高のセックスを味わわせたい気持ちが、ふつふつと湧いてくる。

茂夫は杏奈の耳を食み、首筋に接吻した。

しかし、さっそく戸惑いが生じる。

(先に服を脱がせるべきか……このまま、服の上から乳房を愛撫すべきか……)

考えてみれば、千鶴も明代も香織も塔子も、自分から進んで脱いでくれた。

(マズい……杏奈ちゃんをがっかりさせたくない)

焦るほどに混乱してしまう。

これまでとは全く違う状況に怖気(おじけ)づいてしまう。まるで童貞に戻ったかのようだ。

茂夫が首筋と耳元への愛撫をくりかえしていると、杏奈の手が茂夫の腕を取った。

「先輩……触って」

自ら乳房の膨らみへと導いてくれたのだ。

「あ、うん……」

茂夫の手の甲に自分の手を乗せ、揉み始めた。

「ん……気持ちいい」

弾力ある膨らみが茂夫の手指を沈ませる。ニットごしでもボリュームある乳房だ。

杏奈は目を閉じたまま、かすかな喘ぎを漏らした。

(ここは積極的に行っていいんだな)

そう思うと、俄然、勇気が出てきた。

ニットセーターの裾から手を忍びこませ、素肌に触れた。すべらかなわき腹を伝いあがり、ブラジャーごしの乳房を揉みしめる。

「ンン……ッ」

薄いサテン地のブラジャーの上からでも乳首の尖りが感じられた。

(杏奈ちゃん、興奮してくれているのか?)

いつもは清楚な彼女の昂る表情に、股間がビクッと疼いた。

ニットをめくりあげると、ピンクのブラジャーに包まれた乳房があらわになった。窮屈そうに収まっている膨らみは、予想以上に豊満だ。

(おお、けっこうグラマーだったんだな……)

呼吸のたび上下する胸元に唇を押しつけた。

「ああ……ン」

汗まじりの石鹸の香りがふんわりと漂ってくる。ブラジャーの上からツンと勃つ乳首を吸うと、

「……はううっ」

杏奈は唇を噛みしめ、悩ましい声をあげる。

茂夫はブラのホックを外そうと、両手を背中に手を回す。

またしてもピンチが訪れた。ホックがなかなか外れないのだ。

(ここでもたついていると、白けてしまう)

練習すべきだったと後悔した時、すっとホックが解けた。

ホッとしていると、杏奈は恥ずかしそうに、ブラジャーの上から両手を交差した。恥じらいを見せているのだ。たとえ形だけの恥じらいだとしても、愛しさが募る。

「杏奈ちゃん……恥ずかしがらないで」

「お……お部屋……暗くして下さい」

「あ、ああ……そうだったね」

慌ててドアにかけより、照明のスイッチをオフにする。代わりに、デスクのライトを点けた。

再びベッドに戻ると、杏奈は背を向けて掛け布団にくるまっている。

しかも、ブラジャーとニットが枕元に置いてある。つまり、上半身は裸ということになる。

(おお、女の子って、こういう段取りをすることもあるんだ)

茂夫も布団にもぐりこみ、背後から杏奈を抱きしめる。

腕を回して乳房を包む。柔らかな乳肌を優しく揉みこねた。

ツンと勃った先端を優しく摘まみあげると、

「あ……あぁっ」

杏奈は両肩を震わせて、甘い喘ぎを漏らしてくる。

「杏奈ちゃん、こっち向いて」

恥じ入る杏奈がおずおずと仰向けになった。

目の前にマシュマロのような乳房が現れた。

(おお、これが杏奈ちゃんのオッパイ)

丸々とした弾力ある膨らみは、おそらくEカップほどだろう。粒立ちの少ない乳輪の上にピンクの乳首が敏感そうに勃っている。

「き、綺麗だよ……杏奈ちゃん」

茂夫は乳肌を両手で寄せあげ、乳頭を口に含んだ。

「あぁ……先輩……」

杏奈が身を波打たせる。

口内でムクムクと硬さを増していく。鼓動が速まり、汗が噴きだした。

舌で乳頭を上下に弾くと、しこった乳首がさらにくびり出す。

（すごい、感じやすいのかな）

茂夫は色づく乳首を交互に吸い、愛撫を続ける。

そのたび、杏奈はすすり泣くように喘ぎ、腰を揺らめかせた。

セックスにコンプレックスを持っている彼女のことだ。ここは慎重にしなくては。

（下半身を触ってもいいのかな……いや、もう少し乳房を愛撫すべきだろうか？）

茂夫の股間はすでにギンギンだ。杏奈の体に勃起が触れないよう、腰を浮かせて乳首への愛撫を深めていく。

改めて、セックスとは決断の連続だと知る。

特に受け身に徹する女性を、男がよく観察し、次のステップへと進まねばならない。

（そういう意味では、千鶴先輩や明代さん、塔子さんはリードしてくれたな。

香織さんも処女のわりに積極的だったし……うう……股間が突っ張る)

そう思った時、杏奈が股間に触れてきた。

「あうっ」

思わず腰を引くと、

「嬉しいです。こんなになってくれて……」

ぽつりと囁いた。

(杏奈ちゃんは、経験豊富なんだろうか)

男ならだれでも思うことだ。童貞を卒業してまだ四人しか知らない茂夫にとって、本命である杏奈の男性経験はかなり気になってしまう。年上女性にリードされることは喜ばしいが、年下の杏奈には自分がリードしてやりたい。

あれこれ迷っていると、

「先輩も脱いで……」

消え入りそうな声が聞こえてきた。

「あ、ああ……」

急いでTシャツを脱ぐと、

「違います……下も……」

「あ……杏奈ちゃんも裸になってくれる？」

戸惑いがちに告げた。

（本来なら、自分が脱がしてやるべきなのだろうか）

しかし、杏奈はうなずき、ごそごそと布団の中でスカートと下着を取り去っている。

（大丈夫かな……俺）

セックス偏差値の低さに戸惑っていると、杏奈がキュッと手を握ってきた。

「……私、セックスに対して、すごくコンプレックスを持っているんです。でも……先輩の前ではありのままでいたいんです」

そうつぶやく。杏奈も不安なのだ。

それを思うと、茂夫も素直になれる。ありのままの自分で杏奈に寄りそえばいい。

「大丈夫だよ。ありのままの杏奈ちゃんでいてほしい。僕は全部受け止めるから」

再び唇を重ね合う。先ほどとは違うディープなものだ。貪るように舌を絡め、唾液を啜った。

杏奈の内ももに勃起をこすりつけると、

「ああ……熱いです」

高揚した声が返ってくる。

茂夫は恐るおそる杏奈の股間に右手をおろしていく。ふっさりした陰毛が指に触れた。思いのほか性毛は濃い。情の厚さを感じるとともに、清楚な顔立ちとのギャップに昂ぶりが増した。

耳に息を吹きかけながら恥丘を撫でまわすと、なめらかな太ももがよじり合わされる。

「少しだけ力を抜いて」

「はい……」

茂夫の声に、杏奈は徐々に緩めていく。

今までの女性たちとは全く違う流れに困惑しながらも、この上ない悦びがこみあげてくる。

(ついに杏奈ちゃんのアソコを……)

茂夫は指先に意識を集中させ、二枚の花びらをかき分けた。

「大丈夫、優しくするから」

膨らんだクリトリスが指にあたった。あえてそこは刺激せず肉ビラを割りいると、温かな蜜を湛えた膣口が、茂夫の指を歓迎するようにヒクついている。

「すごく濡れてる……」

「恥ずかしい……」

左手で杏奈の乳房を揉みしめながら、右手でワレメの浅瀬を行き来させる。

クチュ……クチュ……

「あん……はぁあ」

茂夫は唇を下方にずらしていく。陶器のような肌にうっすら汗が滲み、たまらなくエロティックだ。

華奢な鎖骨から乳房、わき腹、ヘソを伝いおり、ふっくら盛りあがる下腹から腿の付け根へとキスをあびせていった。

愛撫のスピードや力加減、杏奈の性感を探りながらだ。

これまでのセックスで、いかに自分が楽をし、相手に恵まれてきたかを思い知らされる。

「あ……すごく丁寧に触ってくれるんですね……」

杏奈は体をくねらせた。

興奮に逆立ち始めた性毛を見つめながら、いったん、女陰から手を離した。一度、焦らしてみようという気になったのだ。

「あ……ン」

案の定、杏奈はわずかに失望を滲ませた。

代わりに両手で尻や太ももを撫でまわす。細いウエストから急激に張りだした尻と太ももが見事な曲線美を描き、脚はすらりと長い。

特筆すべきは尻だ。特に尻は肉感的な弾力に満ち、捏ねるほどに茂夫の手指を柔らかに沈ませる。

「ああっ……先輩……」

尻や腰を撫でまわしていると、杏奈は腰を揺らめかせてきた。まるで、肝心な部分を触ってとねだるように左右に尻をくねらせる。

(清楚な杏奈ちゃんも、やっぱりベッドでは違う一面があるんだ)

この淫らな杏奈をいったい何人の男が知っているのだろうと、妙な嫉妬心に駆られてしまう。

嫉妬交じりの興奮に包まれながら、茂夫はゆっくりと太ももを広げていく。

石鹸の匂いに交じり、むわっと甘酸っぱい香りが鼻をついた。

（杏奈ちゃんのオマ×コが……目の前に……）

広げた脚の間に陣取った茂夫は、息を吞み、目を凝らす。

性毛に縁どられた濡れたワレメは、今まで見た誰よりも小ぶりだ。充血した肉ビラはフリルのように波打ち、可憐なスイートピーの花を思わせた。合わせ目の上にはクリトリスがツンと赤い顔を覗かせている。

「綺麗だ……すごく綺麗でいやらしいよ」

両手の親指で花弁を広げ、舌を差し伸ばした。あふれる蜜とともにワレメを舐めあげた。

「あ、ああ……ぅ」

杏奈が尻を跳ねあげる。

すかさずもう一度舐め、噴きだした蜜液を啜る。ヨーグルトのような甘酸っぱい味が口いっぱいに広がった。

「あう、くっ……はぁん」

杏奈は茂夫の頭を掻き抱きながら、股間をおしつけてきた。

思いがけないエロティックな行為に、茂夫は興奮そのままに激しく舌を躍らせる。

ワレメを上下に舐め、小陰唇を軽く食む。左右の濡れ溝にも丁寧に舌を這わせ、尖らせた舌先でズブッと貫いた。

「あっ、あっ、あああっ」

杏奈はガクガクと太ももを痙攣させた。

どっと噴きだした愛液が会陰からアヌスにしたたっている。

しだいに濃く香る性臭を吸いこみ、茂夫は舌先でクリトリスをピンと弾いた。

「はうう っ……だめっ」

茂夫の後頭部を掻き抱く杏奈の力が強まった。ぐいぐいと股間をせりあげ続ける。

あの清楚な杏奈が、オマ×コを舐められてヨガり、もっと欲しいと男の顔面に恥丘を押しつけてくるのだ。これまでの経験から、女性には別の顔があるとわかっていても、そのギャップに昂る一方だ。

(やっぱり杏奈ちゃんも、ベッドではここまでエロくなるんだな)

あふれる蜜液をこぼさぬよう、会陰からワレメを舐めあげる。二枚の肉ビラを口内に含み、クチュクチュよじり合わせると、

「あっ、あっ、ああっ!」

あられもない声で喘ぎ、身をのたうたせた。

たっぷり濡らしたところで、再度、指を使った。中指と薬指でワレメをなぞり、浅瀬をいじる。十分に濡れていることを確認し、ゆっくりと挿入した。

「はあぁあ……ン」

太ももがわなわなと震えた。いくら中でイケなくとも、挿入の快楽はあるようだ。蜜を掻きだすようわずかに指を曲げ抜き差しをすると、洪水のようにあふれてくる。

「杏奈ちゃん……すごく濡れてるよ」

「ああ……嬉しい……私の体、感じてる……ぁあああっ」

クリトリスもかなり膨らんでいた。親指でねちねちと弄り回すと、杏奈は汗ばむ尻を浮かせて、甲高い悲鳴をあげた。

そのまま、肉真珠を弾いた。包皮が剝けきって、赤みが増している。

蜜液をまぶし、親指で螺旋を描く。

「くっうう……」

なおも親指に力をこめる。

嬉しさとともにプレッシャーも感じてしまう。その時だった。

杏奈は内ももを激しく痙攣させた。

懸命に肉芽を弾いていると、杏奈は脚をピンとまっすぐに伸ばす。

(そうか、やはり中イキは無理でもクリでイケるのか)

しだいに内ももと腰の震えが激しくなる。

そのうち、「もうすぐ……もうすぐイキそう……」という声が聞こえてきた。

茂夫はなおも親指で弾きまくる。上下左右に動かし、丸剝けになったクリトリスをいたぶるように必死に刺激していると、

「あ……いいッ……ん……イクっ、イクぅ」

全身を大きくもんどりうたせて行き果てた。

3

「先輩……次は私に……」

しばらくすると、杏奈は茂夫の股間をまさぐってきた。

(お、杏奈ちゃんが……)

杏奈の絶頂の姿を目の当たりにし、先ほどから股間はいきり立ちしっぱなしだ。

それでも紳士的にふるまおうと、杏奈からアクションがあるまで、じっとしていた。

「先輩……」

次はペニスがしっかりと握られた。

それだけで漏らしそうになる。そういえば、帰宅後、まだシャワーを浴びていない。

「あの……シャワーを浴びてきてもいいかな」

戸惑いがちに言うと、杏奈はクスリと笑った。

「気にしなくていいです」

杏奈は茂夫の脚の間に身をすべりこませた。

(おお……杏奈ちゃんがこんなに積極的だなんて)

正座の姿勢のまま、身を股間に寄せ、顔を亀頭に近づける。

熱い吐息とともに唇を開き、ズブズブ……と勃起を呑みこんでいった。

「う……ううぅっ」

ぎゅっとつむりそうになる目を見開いた。

いかなる時も、美女のフェラ顔を見逃すわけにはいかない。杏奈は落ちかかるヘアを耳にかけながら、頬張っていく。

「くうう、気持ちいいよ」

あの清楚な杏奈も男のモノを咥えるのだと、今さらながら思ってしまう。しかし、表情はどこか奥ゆかしさが漂っている。セクシーなのに品がある。だからこそ、その落差に興奮もしていた。

「ん……くふン」

甘く鼻を鳴らしながら、杏奈は舌を使いだした。細いあごを左右に傾けながら、ペニスをねちっこくねぶり回す。

(ああ、信じられない……杏奈ちゃんがチ×ポをしゃぶってるなんて……)

伏せていたまぶたを上げ、時おりチラリと視線をよこす。その表情がとてつもなく艶(あで)やかで、

「杏奈ちゃん、こっちを見たまましゃぶって」

思わずそう言っていた。

「ン……恥ずかしい」

恥じらいながらも、潤んだ瞳が茂夫に向けられた。包皮を剝きおろすように根元を握り、チロチロと裏スジを舐めては亀頭からパクリと頬張ってくる。

（うわ、エロいな……）

美しいだけに、間延びした表情が卑猥だ。見るほどに欲情を煽ってくる。

見られていることを十分意識してなのか、杏奈は咥えた肉棒をズブリと吸い上げ、再び深く呑みこんでいく。尖らせた舌先を尿道口に差し入れ、噴きだすカウパー液をチュッと啜った。

（くっ……最高だ）

茂夫は感動しきりだ。

フェラ顔を見られて興奮するのか、杏奈はフルートを奏でるように、横フェラまで披露してくれた。ふっくらした唇が亀頭から根元へとすべり、再び亀頭に戻っていく。そのまま横向きに咥えこむと、柔らかな頬が亀頭の形にポッコリ膨らんだ。

（なんていやらしい……）

杏奈は逆側も同じように咥えこみ、ペニスで膨らむ頬を見せつけてくる。

嬉しさと同時にまたも嫉妬が交錯した。

誰が杏奈に教えたんだという、純粋なジェラシーだ。しかし、心とは裏腹に勃起はさらに硬さを増す。複雑な感情が起爆剤となって、オスの心を獰猛に揺さぶっていく。

(ダメだ、もう出そう……)

暴発だけは避けなければと思った直後、杏奈がペニスを吐き出した。

「先輩……もう待てない……欲しいんです」

消え入りそうな声で言う杏奈に、

「わ、わかった……杏奈ちゃん、仰向けになって」

入れ替わるように茂夫は上になり、杏奈の両脚の間にひざまずく。

ついに憧れの杏奈とひとつになれる——茂夫はそそり立つ肉棒を支え持った。

ワレメを見ると十分に潤っている。肉ビラは充血し、早く入れてとせがむようにヒクついていた。

亀頭を秘唇に押し当てた。

ひざ裏を引きよせ、ゆっくりと腰を送りこんだ。

ズブッ……ジュブ……ッ!

「ああ……っンン」

杏奈の体がのけ反る。潤沢な蜜でペニスは一気に根元まで呑みこまれた。

(おお、キツイ……熱い)

茂夫はしばらく動けずにいた。杏奈も動かない。膣ヒダがうねりペニスにひたひたと吸いついてきた。ひとつになれた悦びで、このままエクスタシーに達してしまいそうだった。

「ああ……先輩のモノが私の中にいっぱい」

杏奈はすがるように、茂夫の二の腕を摑む。

「たまらないよ……杏奈ちゃんの中……気持ちいい」

茂夫はゆっくりと腰を前後させる。

甘美な摩擦と圧迫は、これまで経験した誰よりも凄まじい。白い歯をこぼして眉根を寄せる美貌がひときわ美しく、そして妖艶に映った。

「気持ちいい……すごく濡れているのが自分でもわかるの」

杏奈は茂夫の打ちこみに目を細める。

遠ざかっていく体を引きよせ、再び腰を前後させた。濡れ肉はどこまでも柔らかく、粘膜が溶けあってしまいそうだ。

室内には二人の汗の匂いが充満し、肉ずれの音が響いている。

貫くごとに杏奈の花苑はペニスを締めつけ、奥まで引きずりこもうとする。

「ううっ……」

唸らずにはいられなかった。

人間は限界まで追いこまれたら、声を発することで窮地を回避しているのかもしれない。

「セックスがこんなに気持ちいいなんて……私、初めて……もっと、もっと欲しい」

杏奈の目がいっそう凄艶に輝いた。

「わ、わかった」

茂夫はしだいに胴突きの速度をあげていく。

エネルギッシュなストロークを浴びせていくと、杏奈は身をのたうたせ、眉間に深くしわを刻み、苦し気に表情を歪めた。

「ああんっ、いいっ……いいっ」

昇りつめていくさまをしかと焼きつけながら、茂夫は猛烈に女膣を貫いた。

「あん、あっ、響いてる……すごく響くの」

セミロングの髪を振り乱して顔を左右に揺すり、茂夫の二の腕を摑みながら、歓喜に身悶える。

「杏奈ちゃん、まだだよ」

茂夫は杏奈のすらりとした片脚を持ちあげた。ＡＶで見た体位だ。

「ああん」

予期せぬ体位に、杏奈は身を固くした。

「リラックスして……力を抜いて」

茂夫が言うと、いくぶんか体のこわばりが解けたようだ。茂夫は一方の手で脚の付け根を押さえ、もう一方で杏奈の脚を摑み、律動を始めた。

ジュブ……ジュブブ……ッ！

結合が深まった。先ほどとは違う角度で女膣を穿つ。

「はあっ……こんなの初めて……」

しだいに打ちこみは激しさを増し、蜜汁がどっと噴きだした。

女体を労わりたい気持ちとともに、オスの荒ぶる本能が交錯する。同時に、これまでの誰よりも杏奈の体に深い爪跡を残したかった。

ズンズンと貫きながら、杏奈のしなやかな脹脛(ふくらはぎ)に接吻する。

「ン……アア……ッ」

そのまま脚にキスを浴びせ、鼠径部を撫でまわす。杏奈は興奮のせいか陰毛を逆立て、全身をまだらに染めていた。汗と石鹼が入り混じった匂いが馥郁と香る。

突くほどに粘膜はまったりと充血し、熟した果実のようにとろけていく。

「あ……気持ちいい……ダメ、もうダメ……」

ペニスを突き刺すごとに、杏奈は茂夫の太ももにぐっと爪を立てた。

茂夫はなおも穿つ。

先ほど絶頂を得たせいで、性感は研ぎ澄まされているはずだ。

塔子に言われた通り、深度と速度、角度を変えながら、腰を突き入れ、ぐるりとグラインドさせる。

熱く温度を高めた女膣はヒクヒクと蠢き、四方八方からペニスに絡みついてきた。

「杏奈ちゃん……すごい締め付けだよ……ああ」

「私も、こんなにとろけてしまいそうなセックス……初めて」

その言葉に勢いづいた茂夫は体勢を変え、杏奈の脚を両肩に担ぎあげた。

「ああっ！」

最初こそ驚いていた杏奈だが、十分に濡れた眉肉は悦びを告げるように、うねうねと絡みついてくる。

「苦しくない？」

「ええ……大丈夫、先輩のモノが奥まで入ってきて嬉しい」

杏奈は熱い息をついた。

「少しだけ前のめりになるね」

足首をおさえながら、前に身を傾けると、女体が「くの字型」に折れ曲がる。

以前、明代とまぐわった体位だ。

杏奈の尻が浮き、結合がいっそう深まった。溶け合うほど深くつながりたい思いで、茂夫は腰を前後させる。

パンッ、パパンッ、パパパンッ！

「あ……すごい……すごいっ！」

半開きにした唇から漏れ出る吐息が、花びらのように茂夫の頬を撫でていく。

「凄いわ……ああ、なんか変……今までと全然違う感覚……ああ、おかしくなるッ！」

杏奈は茂夫の二の腕を摑んできた。

「いい……すごくいいの……ッ！」

茂夫も渾身の力で貫いた。

――杏奈は中ではイケないと悩んでいた。でも今、中ですごく感じてくれている。貫くほどに膣ヒダがわななき、信じられないほどの力で怒張を締めあげてくる。

「おかしくなっていいよ。杏奈ちゃん、おかしくなっても大丈夫！」

茂夫がいっそう激しく突きいれると、ますます緊縮が強まってきた。ズブリと刺す衝撃に、茂夫の体にも痺れが走る。その痺れがオスの本能を目覚めさせる。清らかな体に肉の凶器を埋めこみ、最奥まで届かせようと穿ちまくる。

「はぁあああっ、変だわ……体が……いやっ、いやぁああっ！」

杏奈は頬を引きつらせて叫び続けた。

もはや目は開けていられないらしい。ギュッとつむった目の下を紅潮させ、唇を震わせる。

その艶めかしい表情を眺めながら、ずんっ、ずんっと子宮口まで貫いた。性器と性器の摩擦がいっそう激しくなり、蜜壺はぎゅーっと食いしめてきた。打擲音と互いの咆哮が重なり、茂夫は間もなく訪れるであろう、絶頂を予感した。

「ああっ、変よ。すごく気持ちいい、おかしくなる……あああぁッ！」

直後、杏奈の体が大きくたわんだ。

収縮する媚肉が、これでもかと男根を締めあげる。苛烈な緊縮で引きずりこんでいく。

とどめの一打を叩きこむと、茂夫は素早くペニスを引きぬいた。

「おおう……おううぅっ」

仰向けになった杏奈の乳房に、白濁液が勢いよくほとばしる。

杏奈はしばらく動かなかった。

いや、動けなかったようだ。目を閉じ、口を半開きにしたまま、ハアハアと呼吸をくりかえす。苦しげだが、その表情には恍惚が滲んでいた。乳首がまだピンと勃っている。交わった秘唇からねっとりした蜜があふれ、ヒクついている。

ゆっくりと目を開けた杏奈は、息を整えながら、潤んだ瞳を茂夫に向ける。

「わ、私……今……イッたかもしれない。頭が真っ白になって、何かが背筋から頭を突き抜ける感じ……初めて」

「えっ、本当？」

「私……野島先輩のお陰で変われるかもしれない」

「嬉しいよ、杏奈ちゃん……」

茂夫は杏奈に覆いかぶさり、抱きしめた。

互いの肌が汗で吸いつき、肌熱が同化していく。

その時、

「うふふ、最高のセックスだったわね」

デスクから声が聞こえてきた。

慌ててそちらを見ると、開きっぱなしのPCに千鶴が映ってるではないか。

「あっ、千鶴先輩！」

茂夫が叫ぶ。

「きゃっ！」

杏奈はシーツで裸を隠した。

二人が驚いていると、

「野島クン、またPC点けっぱなしよ。それに一時間後って約束したじゃない！」

千鶴が口をとがらせる。よくよく見れば、ランジェリー姿だ。

（ど、どういうことだ……？）

盗み見されていたことにも驚きだが、千鶴のセクシーないで立ちに一瞬、頭が混乱する。

「おい、茂夫！」

次に顔を出したのは高杉だ。

高杉は上半身裸だ。広い肩幅と太い二の腕は、元体育会系の逞しさに満ちている。

「高杉……どうして……？　千鶴先輩、どういうことですか？」

すでに二人は恋人になったということだろうか。

（いや、いくら何でも展開が早すぎる……でも、千鶴先輩のことだから……）

茂夫が言葉を発せずにいると、千鶴は頬を緩めた。

「高杉クン、元ハンマー投げの選手だけあって、なかなかの絶倫ね。しばらく3Pのインターンとして付き合うことにしたの」

「えっ？」

「もうじき彼女も来るの。今夜は盛りあがるわ」

茂夫は唖然とする。

「か……彼女って……と、塔子さ……」

そこまで言って、言葉を切った。杏奈の前で3Pの件は、最大の極秘案件だ。

千鶴も心得たように、それ以上の話はしない。

「野島クンも幸せになってね。仕事の話は明日にしましょう」

ＰＣが切れた。

「今の……高杉さんと千鶴先輩ですよね……？」

杏奈がポカンとして訊いてくる。

「あ、ああ……なんか、二人、ラブラブみたいだね」

茂夫が困ったようにうなずくと、杏奈は起きあがり、ギュッと抱きついてきた。

「あ、杏奈ちゃん……」

柔らかな乳房が体に押しつけられる。

「私、先輩のお陰で、これから変わりそうです……今までプレッシャーだったセックスが、こんなに気持ちいいなんて……」

恥ずかしそうに耳元でつぶやく。

３Ｐという言葉は聞こえなかったのか、そこには触れずにいたのは幸いだった。

「よ、良かったよ……二人でもっともっと気持ちよくなろう」

「はい……いっぱい抱いて下さい。あ、先輩が作ったローターでもエッチなことしたいな」

「えっ！」

茂夫の驚きをよそに、杏奈は無邪気に笑って、唇を重ねてきた。甘やかな感触に、茂夫も唇を押しつける。

「私、今すごく幸せ……」

キスをしながら杏奈が囁く。よほど感激したのだろう、寮で起きている淫らなことなどどこ吹く風と言った風情だ。

二人は互いを慈しむようにキスを深め、抱擁の手に力をこめた。

「欲情リモート」（「スポーツニッポン」二〇二一年九月一日〜一〇月三一日掲載）を大幅に改訂し改題。

欲情のリモート会議

2022年 1月20日　初版発行

著者　蒼井凛花

発行所　株式会社 二見書房
東京都千代田区神田三崎町2-18-11
電話 03(3515)2311［営業］
03(3515)2313［編集］
振替 00170-4-2639

印刷　株式会社 堀内印刷所
製本　株式会社 村上製本所

ISBN978-4-576-21212-8
https://www.futami.co.jp/

二見文庫の既刊本

人妻合コン 不倫の夜

AOI,Rinka
蒼井凜花

同僚の誘いで、人妻相手の「既婚者合コン」に参加した圭介。「セカンド・パートナーの紹介」が目的らしいが「あとくされがない」ゆえに参加している者も多いようだった。最初はとまどっていた圭介だが、トークタイムで意気投合した人妻とホテルに行くことに。背徳感のあるセックスを堪能した彼は、このイベントにのめりこんでいくが……書下し官能エンタメ！

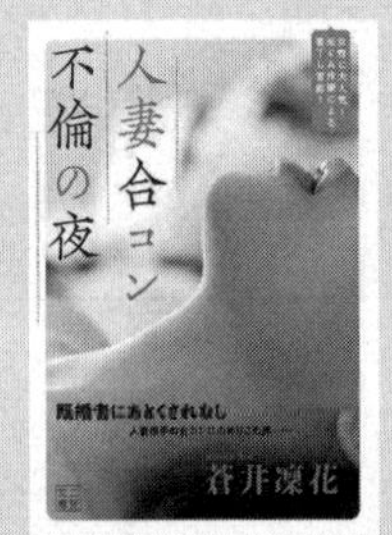

二見文庫の既刊本

奥さまたちの誘惑ゲーム

AOI,Rinka
蒼井凜花

住民の会合で知り合ったタワーマンションに住む4名のセレブ妻。みな夫とのセックスに不満を抱えていた。そんななか、リーダー格の女性が提案を。「セックスに不満があると、女は枯れる一方。夫以外とセックスして、女っぷりをあげましょう！」こうして他の人妻たちも男たちにセクシーな誘惑を仕掛けていくのだが――。元CA作家によるポップな官能エンタメ！

二見文庫の既刊本

OLたちの上司改造計画

AOI,Rinka
蒼井凜花

不動産会社に勤める紅子、雪乃、美波の三人のOLは、入社時から自分たちをよく見てくれた三野が係長なのに、セクハラ上司の池部が課長でいることが不満でならない。そして決意する。三野に男としての自信をつけさせるために文字通り「ひと肌脱」ごうではないか、と。そこで、三人三様に彼を誘って……女性に大人気の元CA作家による書下し官能エンタメ！